Stefan Wolf

Terror durch den heißen Draht

ISBN 3-8144-1102-1
© 1980 by Pelikan AG · D-3000 Hannover 1
Alle Rechte vorbehalten
Gesamtleitung und Textredaktion: f—press
medien produktion gmbh, Münnchen, Egon Fein
Umschlag-Gestaltung und Text-Illustration:
Reiner Stolte, München
Graphische Gestaltung: Heinrich Gorissen, München
Gesamtherstellung: westermann druck, Braunschweig
Schrift: 10/12 Punkt Palatino
Printed in Germany
2. Auflage

Inhalt

1. Die Höhle im Kornfeld 13
2. Der beraubte Räuber 31
3. Nur einer hat ein Alibi 46
4. Der seltsame Kommissar 63
5. Pfeffer im Po 81
6. Die Salami muß weg 96
7. Im Hauptquartier der Terror-Bande 106
8. Heiße Spur zum LONGDRINK 118
9. Schützenfest mit Ziegelsteinen 130
10. Unter Einsatz des Lebens 150
11. Zwei Ganoven tauchen unter 170
12. Ein Überfall wird vorbereitet 181
13. Brüderlein und Schwesterlein 200
14. Das Kuckucksei im Möbelwagen 221

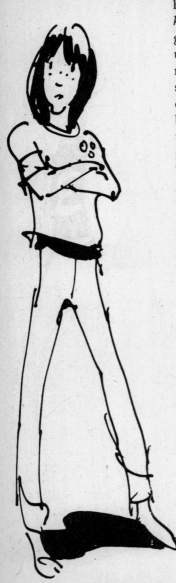

LOCKE

hat diesen Spitznamen, weil sie *keine* Locken hat. Oder besser gesagt: nur ganz, ganz wenige, und das auch erst seit vier Jahren. Dabei war es ihr sehnlichster Wunsch als Kind gewesen, den Kopf voller Locken zu haben. Nina Rehm, wie Locke wirklich heißt, ist noch nicht ganz 15 Jahre alt, geht in die 9. Klasse des Gymnasiums und kurvt mit Vorliebe auf ihrem Mofa durch die Gegend. Wenn's das Wetter zuläßt, trägt sie dabei einen wagenradgroßen Strohhut. Weiterer Steckbrief: Groß, schlank mit langen Beinen, langes, kastanienbraunes Haar, nußbraune Haut, schmales Gesicht mit dunklen Augen und einem schön geschwungenen Mund. Locke ist ein „Temperamentsbolzen", sie hat mehr Unternehmungsgeist als zehn Jungens. Eine typische „Macherin", aber trotzdem durch und durch weiblich. Sie will immer und überall helfen — Menschen und Tieren. Locke lebt mit ihrem Vater Gunter und Bruder Mike zusammen. Ihre Mutter — eine Französin — wurde nach kurzer Ehe geschieden. Sie wohnt heute in Paris.

TOM

wird nur so genannt, weil er sich über seinen echten Namen grün und blau ärgert. Er heißt nämlich Engelbert, mit Nachnamen Conradi, nach einem Großvater von Mutters Seite so benannt. Aber Tom paßt nun mal besser zu einem athletisch gebauten, großen Jungen, der auch noch perfekt in Karate ist, der waffenlosen japanischen Kampfkunst. Er geht in die 10. Klasse desselben Gymnasiums wie Locke. Alle mögen den blonden Jungen. Und das nicht nur wegen seines offenen, sympathischen Gesichts, sondern weil er — genau wie Locke — ein echter hilfsbereiter Kumpel ist, immer zur Stelle, wenn's um eine gute Tat geht. Er drängt sich selbst nie vor, sondern läßt sich zumeist — und das nur zu gern — von Lockes Unternehmungsgeist mitreißen. Denn er und Locke — naja, die sind nun mal unzertrennlich. Noch ein unverwechselbares Kennzeichen hat der knapp 16-jährige: ein tiefblaues und ein grünes Auge. Tom lebt bei seiner Mutter Helga, einer Tierärztin. Seinen Vater hat er schon vor Jahren verloren.

GUNTER REHM
ist Lockes Vater, 44 Jahre alt und Lokalredakteur bei der größten Tageszeitung seiner Heimatstadt, einer ansehnlichen Großstadt, im übrigen, mit Straßenbahn, vielen Buslinien, mehreren Autobahn-Zubringern und einem Bundesliga-Verein. Der großgewachsene, etwas hagere Journalist deckt mit Vorliebe Mißstände auf und gilt deshalb bei allen, die keine reine Weste haben, als unbequem. Er kennt das Geschehen in der Stadt ganz genau, weil er es täglich hautnah erlebt. Gunter Rehm hat ein prima Verhältnis zu seinen Kindern Locke und Mike, malt in seiner Freizeit gern Porträts und spielt Tennis wie ein Meister. Seine liebste Partnerin: Dr. Helga Conradi. Aber das nicht nur auf dem Tennisplatz. Madeleine, seine einstige Frau, Lockes und Mikes Mutter, ist nach kurzer Ehe in ihre Heimat Frankreich zurückgekehrt. Sie hatten ganz einfach zu jung geheiratet, ohne sich so richtig gekannt und zueinander gepaßt zu haben. Als sie dies einsahen, trennten sie sich, aber sie waren einander deshalb nicht gram. Madeleine, die eher ein unabhängiges Leben bevorzugte, überließ die Kinder ihrem Mann.

MIKE

könnte die Mädchen reihenweise um den Finger wickeln, wenn er wollte, und tatsächlich hat der Sonnyboy auch mehr als eine Freundin. Er heißt Michael Rehm, ist 19, Lockes großer Bruder, und er geht in die Abiturklasse. Nebenher schreibt er als freier Mitarbeiter für die lokale Tageszeitung. Vater Gunter Rehm ist sein großes Vorbild. Hobby: Fußballspielen, und zwar als Libero beim FC Eintracht. Der gutaussehende, breitschultrige Frauentyp Mike hat die braunen Haare und grünen Augen seiner fast schon vergessenen französischen Mutter. Mit Charme und spitzbübischem Lächeln kann er jeden Gegner entwaffnen, aber auch durch mitunter erstaunliche Beharrlichkeit (manche behaupten freilich, Mike habe einen Dickschädel) zur Verzweiflung bringen. Mike ist alt genug, um zu verstehen, daß weder Vater noch Mutter am Scheitern ihrer ebenso kurzen wie unüberlegten Ehe schuld waren.

DR. HELGA CONRADI

ist Toms Mutter, von Beruf Tierärztin — bei ihren vierbeinigen Patienten und deren Frauchen beliebt, von den Herrchen bewundert und verehrt. Ist auch kein Wunder, denn Helga sieht mit ihren 42 Jahren höchstens wie eine Dreißigerin aus: Blaue Augen, lange goldblonde Haare, schmales, ebenmäßiges Gesicht. Wirklich eine sehr attraktive Frau, und dazu auch noch überaus sportlich, was ihre schlanke Figur bestätigt. Beim Tennis gewinnt sie ab und zu sogar gegen Gunter Rehm einen Satz. Ihr Mann ist an einem heimtückischen Leiden gestorben, als Helga noch keine 30 war. Tom kann sich kaum an seinen Vater erinnern. Der Dritte in ihrer Familie ist der treue Nicki, eine ebenso lustige wie wachsame Mischung aus Boxer und Wolfshund.

OMA

wird Elisabeth Rehm von allen genannt. Sie ist 72 Jahre alt, Gunter Rehms Mutter, und sie lebt allein in einem hübschen, verwinkelten Häuschen im Grünen, mit einem großen Garten und geradezu riesenhaften Sonnenblumen. Birkenrode heißt Omas Wohnort. Er liegt ein bißchen außerhalb der Stadt, aber nah genug, damit es für Locke und Tom zu häufigen Besuchen reicht. Und darauf freut Oma Rehm sich natürlich. Nicht nur, weil sie ihre Enkelin und deren Freund gern mag, sondern natürlich auch ein wenig deshalb, weil die beiden jungen Leute ihr stets helfend beistehen. Ihr Mann, ein Lehrer, ist vor zwei Jahren gestorben. Jetzt ist „Frau Holle" die Gesellschafterin der liebenswerten weißhaarigen Dame, eine ebenso betagte Katzenmutter, die Elisabeth Rehms alte Tage getreulich teilt.

Stefan Wolf

Locke und Tom greifen ein

Hundejäger töten leise
Terror durch den heißen Draht
Giftalarm am Rosenweg

1. Die Höhle im Kornfeld

Nicki tobte und sprang von einer Pfote auf die andere. Er hatte — wie alle Hunde — nur vier; aber bei seinem Temperament schien es Locke, sie müsse einen Tausendfüßler bändigen — obschon die ganz anders aussehen, bestimmt nicht wie eine Mischung aus Wolfshund und Boxer.

Tom sah zu und grinste.

„Hilf mir doch endlich!" rief Locke.

„Weshalb? Er zeigt dir doch nur, daß er dich zum Fressen gern hat."

Als hätte er das Stichwort verstanden, begann Nicki an Lockes nacktem Arm zu knabbern. Allmählich beruhigte er sich dann — Gott sei Dank!, wedelte aber, wobei sein Schwanz gegen Lockes Beine klopfte.

„Er scheint zu ahnen, daß er mit darf", sie lachte.

„Wenn er dich sieht, spielt er ja immer den verliebten Clown."

„Das bin ich auch von anderen gewöhnt."

Tom verdrehte die Augen. „Wohl kein bißchen eingebildet, wie?"

„Dich habe ich nicht gemeint." Spott blitzte in ihren Glutaugen. „Du bist jedenfalls kein bißchen komisch."

„Bin ja auch nicht verliebt in dich", log er mit Unschuldsmiene.

„Zu gegebener Zeit werde ich dich daran erinnern."

Ihr Zeigefinger drohte. Dann schob sie ihren wagenradgroßen Strohhut zurecht. Bei dem Gerangel mit Nicki hatte er seinen Sitz verloren auf ihrer braunen Langhaarmähne, in der Naturlocken sehr rar waren — leider.

Tom nahm Nickis Leine vom Garderobenständer und hakte den Karabinerhaken ans Halsband.

Nicki stieß ein Wolfsgeheul aus, das zum Teil wie ein Jodler klang. Jetzt wußte er, daß Herrchen und Locke ihn mitnehmen würden, und er begann vor Aufregung zu hecheln.

Mit-Ha, die Köchin und Haushälterin der Conradis, blickte aus der Küche.

„Mein Gott! Da erschrickt man ja. Habt ihr ihm auf die Pfoten getreten?"

„Er freut sich", sagte Locke.

Mit-Ha hieß eigentlich Luise Mehrrettich und legte Wert auf das H im Familiennamen. „Aber mit Ha!" pflegte sie zu sagen. Das hatte ihr den Spitznamen eingebracht.

„Ihr seid doch zum Mittagessen zurück?" erkundigte sie sich.

„Das wäre ja in einer halben Stunde." Locke schüttelte den Kopf. „Wir machen einen Ausflug aufs Land, Frau Mehrrettich. Bei dem herrlichen Sommerwetter — also, am liebsten würde ich sogar draußen übernachten. Wir wollen zu den Kornfeldern bei Erpendorf. Und nachmittags sind wir dann in Birkenrode bei meiner Omi. Sie wird uns mit Kuchen vollstopfen. Hm."

Tom klopfte wortlos auf seine eisenharte Bauchdecke — wie jemand, der nach sechs Stück Kuchen das siebte wegen Überfüllung ablehnen muß.

„Aber fahrt vorsichtig!" mahnte die rundliche Mit-Ha.

Dasselbe hätte vermutlich Toms Mutter gesagt, Dr. Helga Conradi. Aber sie befand sich drüben in ihrer Tierarztpraxis, im Seitentrakt des Hauses. Durchs Fenster winkte sie ihnen zu, als die beiden mit Nicki zur Straße gingen, wo die Roller parkten.

Locke winkte zurück, schwenkte sogar ihren Hut. Tom machte nur ganz lässig das Siegeszeichen — mit zwei Fingern. Nicki wedelte und zog wie ein Mauleselgespann. Ihm ging's nicht schnell genug.

Sonne hatte die Sättel aufgeheizt. Locke spürte es durch ihren Folklore-Rock und kam sich vor, als sitze sie auf einer Wärmflasche. Sie fuhr einen Mofaroller mit bescheidenem Motorchen — war ihr doch aus Alters- bzw. Jugendgründen schwereres Kaliber versagt.

14

Tom war da besser dran, sein Motorroller zu einer Höchstgeschwindigkeit von 78 std/km fähig — wobei er, der Motor,
dann freilich brüllte, als ginge es zum Schlachthof. Aber Tom
war ja auch mit knapp 16 ein sattes Jahr älter als seine hübsche Freundin.

„So ein Ausflug", meinte Locke, „ist wie ein Vorge-
schmack auf die Sommerferien. Aber dann, darauf bestehe
ich, fliegen wir alle zusammen aus — zum Picknick. Du, ich,
Helga, mein Papi und Mike. Wir müssen langsam fahren,
jetzt — meine ich. Damit Nicki nicht schlappmacht."

„Hast du das gehört, Nicki? Empörend, wie sie dich unterschätzt. Du mit deinen 50 Prozent Wolfsblut. Und ein Wolf
schafft — ich glaube, 60 Kilometer in einer Nacht."

„Sind bei Nicki also 30. Und tagsüber 15." Sie lachte. „Wollen wir ihn hierlassen?"

Aber das war nicht ernst gemeint, und Nicki verstand
Spaß. Als sie abfuhren, trabte er neben Tom an der Leine.

Im letzten Moment hatte Dr. Helga Conradi das Fenster
geöffnet.

„Fahrt vorsichtig!" rief sie.

Aber das hörten die beiden nicht mehr.

Auf kürzestem Weg verließen sie die Stadt, die Großstadt.
Die Sonne strahlte vom Himmel. Wolken hatte man schon
seit Tagen nicht mehr gesehen. In Gärten wurde gesprüht
und bewässert, und der Boden lechzte danach.

Bald rollerten Locke und Tom im „Hundetrabtempo" eine
Landstraße entlang. Sie führte über Kirschenhof und Traumbach nach Erpendorf und bestand eigentlich nur aus Schlag-
löchern. Sie wurde wenig befahren. In gleicher Richtung ver-
lief nämlich eine Schnellstraße, pfeilgerade und frisch er-
baut. Dort riß der Benzinkutschen-Lindwurm nie ab. Aber
hier, auf der Landstraße, herrschte Ruhe, und man konnte
sich sattsehen an wogenden Weizenfeldern.

Auf dieser Seite der Stadt war das Land flach wie ein Ra-
sierspiegel. Bis zum Horizont dehnte es sich — übersichtlich

15

wie ein Schachbrett, auf dem kaum noch Figuren stehen. Wald war nur wie vereinzelte Sprenkel zu sehen. Kirchturmspitzen überragten die Häuser der Dörfer. Feldlerchen schwebten in der Luft.

„Wir werden Durst haben – nachher", rief Tom.

„Um so besser! Weißt doch, wie meine Omi sich freut, wenn wir ihren selbstgemachten Fruchtsaft trinken."

Davon hatte Oma Rehm nie weniger als 50 Flaschen im Keller; und Gunter Rehm, ihr Sohn und Lockes Vater, be-

dauerte jedesmal, daß es Fruchtsaft und kein Beerenwein war.

Sie sahen Bauern, die bei einer Feldscheune arbeiteten. Einmal sahen sie, wie ein Raubvogel beutegierig in ein Kornfeld hinabstieß. Ansonsten waren überall Einsamkeit und Stille.

Etwa fünf Kilometer vor Erpendorf deutete Locke zu einem Waldstück, das sich — eine Steinwurfweite rechts der Straße — zwischen den Kornfeldern behauptete: 30 oder 40

Bäume höchstens, aber eine verschworene Gemeinschaft und stolz wie ein Urwald.

„Pause, Tom! Nicki muß mal!"

„Woher willst du denn das wissen?"

„Er hat's mir eben gesagt."

Ein Weg, der den Namen kaum verdient, führte unter schattenspendende Fichten.

Sie holperten über Stock und Stein, dann verstummten die Motoren.

„Na, denn!" Tom ließ seinen Hund von der Leine, denn weit und breit war kein Wagen zu sehen.

Sekunden später war Nicki verschwunden.

Locke sagte, sie werde sich die andere Seite des „Dschungels" mal ansehen, aber Tom solle gefälligst hierbleiben. Sie ließ ihn die Roller bewachen und kehrte alsbald zurück.

„Wo ist Nicki?"

„Keine Ahnung. Ich dachte, er schnuppert bei dir rum."

„Hat er nicht. So achtest du also auf deinen Hund. Wo hier doch jede Heuschrecke Maul- und Klauenseuche hat. Mein Gott, wenn er Hasen jagt . . ."

„ . . . kriegt er sie nie. Kein Hund kriegt einen Hasen. Weil der irre Haken schlägt. Wegen der langen Hinterbeine kann er das. Die hast du zwar auch, aber dich würde jeder Hund erwischen."

Locke sah auf ihre gebräunten Füße, die nackt in Sandalen steckten. Daß Tom die Länge ihrer Beine bemerkt hatte, gefiel ihr. Wußte sie doch genau, daß es sich um 83,5 Zentimeter handelte. Dadurch wirkte sie größer als sie war und ein wenig schlacksig.

„Mich beißen Hunde nicht. Mich lieben sie", erklärte sie großartig. „Hol Nicki!"

Tom pfiff. Als das nichts bewirkte, pfiff er auf zwei Fingern, dann auf vier Griffeln, wobei der Zeigefinger links etwas nach Hartgummi schmeckte — mochte der Kuckuck wissen, wieso.

„Dieser Dickschädel!" schimpfte er, weil Nicki nicht kam. „Das ist der Boxer-Anteil in ihm. Niiickiii!"

Gebell antwortete.

Er ist mitten im Kornfeld, dachte Locke. Was er da wohl hat?

Nicki zeigte zwar durch Bellen seine Anwesenheit, blieb aber, wo er war.

Tom seufzte und bahnte sich einen Weg durch brusthohes Getreide. Es raschelte und knisterte. Locke folgte ihm, direkt auf den Fersen, um die Schneise schmal und damit den Flurschaden gering zu halten. Dann fanden sie Nicki.

Er bellte den Einstieg zu einer Erdhöhle an.

„Was ist denn das?" staunte Locke. „Mitten im Feld."

Tom leinte seinen Hund an. Dann untersuchte er die Höhle. Sie war mit Brettern ausgeschalt. Und mit Decken gepolstert. In einem großen Karton lagen Konservendosen.

„Sieh dir das an, Locke: Fressalien. Cornedbeef, Erbsen, Leberwurst, Pflaumen, Pfirsiche, Hirschragout, Maiskolben und Sauerkraut."

„Da will wohl einer der Zivilisation (*durch Wissenschaft und Technik geschaffene Lebensverfeinerung*) Adieu (*Mit Gott! = Auf Wiedersehen!*) sagen."

So sah es tatsächlich aus. Denn ein Schlafsack und ein Stapel neuer Zeitschriften rundeten die Wohnlichkeit ab.

Tom legte den Kopf in den Nacken und blickte zum Himmel.

„Nehmen wir mal an . . ."

„ . . . dort oben kreist ein Polizeihubschrauber", fiel Locke ihm ins Wort. „Könnten die Ordnungshüter die Höhle entdecken? Nein. Unmöglich. Nicht mal im Tiefflug. Der Einstieg ist geschickt angebracht. Über ihm wiegen sich Ähren im Sommerwind. Und tarnen alles. Nichts, aber auch gar nichts ist zu sehen. Nicht wahr?"

„Sehr wahr. Du meinst also auch, daß dieses Luxus-Apartment kriminellen Zwecken dienen soll?"

„Der Verdacht drängt sich ja geradezu auf. So versteckt, wie das ist. So mühevoll, wie das angelegt wurde. Siehst du ausgehobene Erde? Also heißt das, der Maulwurf hat jeden Krümel wegtransportiert. Weil frische Erde vielleicht gesehen würde, also das Versteck verriete. Aber wozu? Heh, Tom!" Sie preßte sechs Fingerspitzen an ihren Pony. „Ich glaube, ich hab's."

Auch er hing Vermutungen nach, ließ aber ihrer Meinung den Vortritt.

„Ja?"

„Werden nicht in Erpendorf manchmal Häftlinge zur Feldarbeit eingesetzt. Strafgefangene, denen man trauen kann — wie man meint. Im allgemeinen haben die zwar nicht mehr viel abzusitzen, so daß sich Flucht nicht lohnt. Aber ich könnte mir vorstellen: Einer will die Kurve kratzen. Ein anderer hilft ihm dabei. Dieser andere ist in Freiheit und hat die Höhle gebuddelt. Und nun sieh dir die Gegend an: endlos und flach. Bis zum Horizont kann man glubschen. Wer da türmt, hat es schwer. Kriechen müßte er, sonst entdeckt man ihn sofort. Aber kriech mal von Erpendorf bis zur Stadt! Selbst für ein Reptil *(Kriechtier)* wäre das zu weit. Also, was tun?"

„Sein Kumpel, der in Freiheit lebt, lädt ihn in den Wagen, und sie hauen ab."

„Wirklich? Und wohin fahren sie — auf dieser Holperstraße, die keine Abzweigung hat? Ein Anruf aus Erpendorf, und die Polizei sperrt die Straße ab — und ringsum die andern. Hier überblickt man doch alles. Für einen, der weg will, ist das 'ne Mausefalle. Aber bis hierher kann er's schaffen. Und hier bleibt er tagelang, ernährt sich von Cornedbeef, Pflaumen und Sauerkraut und wartet ab, bis die Luft rein ist. Richtig?"

„Manchmal denkst du wie ein Junge: logisch und genau."

„Gleich fängst du 'ne Taucherbrille *(Teenager-Jargon: sich ein blaues Auge holen)*."

20

Tom grinste. „Deine Erklärung überzeugt. Und was machen wir nun? Wollen wir hier lauern, bis der Ausbrecher kommt? Lesestoff haben wir. Ernähren könnten wir uns auch."

Locke war schon auf dem Rückweg.

„In Erpendorf ist eine Polizeistation. Das weiß ich. Allerdings nur eine sehr kleine. Mit höchstens ein Mann Besatzung."

„Was das mindeste ist", brummelte Tom. „Halbe Beamte gibt's ja noch nicht — es sei denn, man mißt sie am Arbeitseifer. Wenn ich da an einige unserer Pauker denke! Mein Gott, diese Achtelportionen."

Locke lachte. „Aber es ist nicht so, daß sich acht einen Arbeitsplatz teilen. Volles Gehalt wollen sie alle."

Ihre Entdeckung spornte an. Wenig später rollerten sie durch Erpendorf, vorbei an bäuerlichen Anwesen und den höchsten Misthaufen der Gegend.

Polizei- und Poststation waren im Erdgeschoß desselben Hauses untergebracht, vor dem eine Linde wuchs, deren Stamm man mit einer achteckigen Bank umgürtet hatte. Niemand saß dort. Aber Spatzen stritten um ein Butterbrotpapier, das offenbar noch eine Menge Krümel enthielt.

Vor dem Eingang zur Polizeistation parkten drei Fahrzeuge: ein Polizeiwagen, auf dem sich viel Staub niedergelassen hatte, ein goldfarbener Mercedes mit städtischem Kennzeichen und ein kleiner Sportwagen.

Locke las die Reklameaufschrift an der Fahrertür: *B. Funkelstein — Ihr Juwelier/ Im Graben 17/ Marktstraße 11/ Sandgasse 5a*

Das waren Adressen in der Stadt.

Die Haustür stand offen. Locke ging voran. Tom verkürzte Nickis Leine und hieß ihn, bei Fuß zu gehen. Der Rüde vergalt das mit einem Blick, als wäre sein Herrchen nicht ganz bei Trost. Immerhin zog er dann nur wie ein halbes Maultiergespann.

21

Ein schmaler Flur führte zur Wache. Auch die Tür war ge-öffnet, offenbar hoffte man auf einen Lufthauch.

Ein Mann sagte gerade: „Also wirklich, Karl-Friedrich! Da hast du wiedermal recht."

Die Stimme klang, als hätte der Mann Sperrholz gekaut und noch nicht alles hinunter geschluckt.

Locke trat ein und grüßte. Mit einem Blick erfaßte sie, daß das hier nicht Scotland Yard (*berühmte Londoner Polizei*) war.

Die Wände hätten Tünche vertragen, den Dielen fehlte Farbe, und die Büromöbel wären auch auf dem Flohmarkt Ladenhüter geblieben. Der Polizist, der hier Dienst tat, war groß, aber dürr wie ein abgenagter Knochen. Er hatte gelbge-sprenkelte Augen und ein müdes Gesicht. Neugierig sah er Locke an.

Dem zweiten gehörte sicherlich der Protz-Mercedes. Es war ein fleischiger Mensch am Ende der sogenannten mittle-ren Jahre. Er hatte ziemlich viel Glatze, Goldzähne und ein unangenehmes Glitzern in den fischigen Augen. Sein creme-farbener Sommeranzug war garantiert vom besten Schnei-der und so knitterfrei wie eine Fensterscheibe. Der Mann rauchte Zigarre.

„Wir wollen etwas melden."

Locke spürte Tom hinter sich. Nicki seufzte, legte sich nie-der und hechelte ihr heißen Atem in die Kniekehlen.

„Einen Unfall?" fragte der Polizist.

Er hatte die Sperrholzstimme, also war der andere Karl-Friedrich.

„Keinen Unfall, eine Entdeckung."

Zweifelnd blickte Locke den Zigarrenraucher an.

Der Polizist lächelte und rückte an dem Schild auf seinem Schreibtisch. Darauf stand: *Polizeihauptwachtmeister Heinz Söckl.*

„Kannst ruhig reden, kleines Fräulein. Um ein Staatsge-heimnis wird es sich wohl nicht handeln. Und Herr Ehrenhorn ist mein Freund, ein vertrauenswürdiger Bürger. Also?"

„Wir sind da auf etwas gestoßen", begann sie. „Könnte sein, es ist die Vorbereitung zu einem Verbrechen. Zumindest zu einem Ausbruchversuch."

Sie berichtete und beschrieb, wo sich die Erdhöhle befand.

Tom fiel ihr einmal ins Wort, indem er ergänzte, daß sich dort auch ein Schlafsack befinde, was Locke in ihrer Aufzählung vergessen hatte.

Söckl lächelte. Es sah aus wie Gallenschmerzen. Karl-Friedrich Ehrenhorn rauchte genüßlich. Er verschlang Locke mit Blicken und ließ sich Zeit bei dieser „Mahlzeit".

„Tja", sagte Söckl. „Ist ja nett, daß ihr das meldet. Ich würde sagen, da will ein Liebespaar eine laue Sommernacht im Freien verbringen. Nichts weiter."

„Unmöglich!" erwiderte Tom. „Ist zu eng. In der Höhle hat nur einer Platz."

Ehrenhorn grinste fettig. „Verstehst du denn nicht? Das macht doch die Sache noch reizvoller."

Tom schüttelte den Kopf. „Nein, so sieht die Höhle nicht aus. Von Romantik keine Spur. Außerdem glaube ich nicht, daß ein Liebespaar sich mit Leberwurst und Sauerkraut verpflegt."

Söckl lachte schallend. „Da kennst du die Landbevölkerung schlecht. Was Champagner und Austern sind, weiß man hier nur aus dem Fernsehen."

„Ich meine", schaltete Locke sich abermals ein, „diese Erdhöhle sollte nicht Gegenstand von Witzen, sondern Anlaß zu Nachforschungen sein."

„Jaja, kleines Fräulein. Ich weiß schon, wie ich meinen Dienst tue."

Hoffentlich! dachte sie − und fuhr fort: „Wir haben eine Theorie (*Gedankengebäude*). Manchmal werden doch Strafgefangene zur Feldarbeit hergebracht. Vielleicht will einer fliehen. Aber er käme nicht weit, denn das Gebiet läßt sich

leicht absperren. Also hat ein Komplice, der in Freiheit ist, das Versteck angelegt."

Söckl seufzte. Seine Miene drückte aus, daß ihm die Hartnäckigkeit auf den Wecker ging.

„Erst in sechs Wochen, kleines Fräulein, kommen Strafgefangene zur Feldarbeit her. Bis dahin sind die Lebensmittel verdorben, nicht wahr?"

„Es handelt sich um Konserven, Herr Hauptwachtmeister. Das Verfallsdatum ist in drei Jahren — auch ohne kühle Lagerung."

Söckl seufzte diesmal, als quälten ihn Zahnschmerzen.

„Aber die Zeitschriften sind dann Schnee von vorgestern. Das gibst du doch zu."

Locke strich sich das knisternde Haar über die Schultern und erwiderte nichts.

Tom schwieg so eisig, als hätte er den Mund voller Eiswürfel.

Ohne sich umzudrehen, wußte Locke, mit welcher Verachtung er den Polizisten jetzt ansah. Wobei man sich streiten konnte, welches seiner Augen geringschätziger blickte: das linke, das blau war, oder das rechte, das grüne. Tatsächlich — er hatte verschiedenfarbige Augen. Ein Streich der Natur!

„Also gut", sagte Söckl. „Ich werde mich darum kümmern. Vielen Dank für euren Hinweis."

Er nickte und lächelte, und das hieß: Nun haut ab!

„War uns ein Vergnügen!"

Am liebsten hätte Locke den Kalender von der Wand gerissen und durchs Wachlokal gefeuert. Aber das stand einer jungen Dame nicht an. Also wirbelte sie auf dem Absatz herum, um hier möglichst schnell rauszukommen, bevor ihr Temperament die Zügel zerriß. Sie stolperte über Nicki, der gähnend im Weg lag, und hätte möglicherweise eine Schwalbe gemacht (*Sturz durch Stolpern*). Aber Tom fing sie mit einem Arm auf, während Nicki bellend auf die Hinterläufe

26

stieg. Er hielt das für Spiel und wollte Locke das Gesicht lekken.

„Habt einen schönen Hund", sagte Ehrenhorn an seiner Zigarre vorbei. „Was für 'ne Rasse ist denn das?"

„Ein Bowo", antwortete Tom. „Ganz neue Züchtung, ist der erste seiner Art. Wiedersehen!"

Locke beherrschte sich, bis sie im Freien waren. Aber dann: „Nie hätte ich gedacht, Tom, daß ein so dürrer Mensch soviel Blei im Hintern hat. Nichts wird er machen. Der hat's jetzt schon vergessen. Und uns hält er für Wichtigtuer. An die Erdhöhle wird man erst wieder denken, wenn in etlichen Wochen bei der Erntearbeit ein Mähdrescher mit dem Rad drin hängen bleibt. Rrrrhhh!"

„Reg dich nicht auf!" Er tätschelte ihr den Arm, während Nicki nach einer Fliege schnappte. „Ist sein Bier, nicht unseres. Wir halten uns an den Fruchtsaft deiner Oma."

Locke sah an ihm vorbei. Erst jetzt bemerkte sie, daß ihr Gespräch mitgehört wurde.

In dem kleinen Sportwagen mit der Funkelsteinschen Reklameaufschrift saß eine junge Frau. Sie hatte das Fenster heruntergekurbelt.

„Sprecht ihr von meinem Vater?" fragte sie.

Au Backe! dachte Tom. Aber Locke stemmte die Hände in die Hüften.

„Wir sprechen von Polizeihauptwachtmeister Heinz Söckl."

„Ich bin Paula Söckl, seine Tochter. Im übrigen habt ihr recht. Mit ihm ist nichts mehr los. Früher war er anders. Dann hat das Schicksal ihm ein Bein gestellt. Jetzt . . . naja, das ginge zu weit. Wenn ihr was wirklich Wichtiges habt, wendet euch lieber an eine Dienststelle in der Stadt."

„Vielleicht tun wir das", nickte Locke.

Paula Söckl lächelte und kurbelte dann die Scheibe hoch.

Nicht zu fassen, daß die seine Tochter ist, dachte Locke.

Ähnlichkeit bestand tatsächlich nicht. Paula war eine hübsche Blondine mit grauen Augen und pfirsichfarbener Haut. Im Gegensatz zu ihrem Vater sah sie äußerst gesund aus. Und elegant. Vermutlich arbeitete sie bei Funkelstein.

Sie winkte, als sie abfuhr. An den Fingern schimmerten Ringe.

„Wir haben unsere Pflicht getan", sagte Tom. „Alles andere geht uns nichts an. Im übrigen habe ich Durst. Besonders auf den Johannisbeermost deiner Oma. Worauf warten wir noch?"

Sie fuhren weiter, kamen an einer Molkerei vorbei, einem Gasthaus mit schattigem Biergarten, am Erpendorfer Kaufhaus − wie der Laden sich großspurig nannte − und an einer Filiale der Landwirtschaftsbank.

Ein Hund unbestimmbarer Rasse kniff den Schwanz ein und nahm vor Nicki Reißaus. In einer Toreinfahrt spielten kleine Kinder mit Kohlenstaub. Sie hatten sich von oben bis unten damit eingerieben, trugen aber zum Glück nur Badehosen.

Tom lachte, daß er fast vom Roller fiel.

„Ich wette", japste er, „wenn die heim kommen, werden sie in die Waschmaschine gesteckt."

Sie mußten noch ziemlich weit fahren, ehe sie auf die Abzweigung stießen. Sie folgten ihr. In der Ferne sahen sie die Autobahn. Dann bogen sie auf einen Feldweg.

Locke meinte, sie hätten sich verfahren. Tom feuchtete seinen − nach Hartgummi schmeckenden − Zeigefinger mit Spucke an und hielt ihn in den Sommerwind.

„Nee, Locke. Richtung stimmt. Immer dort entlang."

„Kannst du mir verraten, wie du das festgestellt hast?"

„Mit Orientierung hat das nichts zu tun", er grinste. „Es geht nur um den Rückenwind. Damit Nicki es leichter hat."

„Und wohin kommen wir?"

„Nach Birkenrode, natürlich. Kenne doch den Weg."

Die Landschaft wandelte sich. Die Felder blieben zurück. Sie fuhren durch Wald, dann über eine Wiese und sahen den

28

Ortsrand von Birkenrode. Vor ihnen lag das hübsche Grundstück von Oma Rehm: mit dem kleinen, verwinkelten Haus, der Gartenbank davor, den Heckenrosen, den großen Sonnenblumen und dem paradiesischen Garten, in dem Obstbäume und Beerensträucher wuchsen.

Sie hielten beim Gartentor. Nicki jaulte freudig. Auf der Gartenbank saß Frau Holle, Omas grauweiße Katze. Bei Nikkis Anblick machte sie sofort einen Buckel. Der Rüde hechelte, schob die Nase durch die Sprossen des Gartentors und leckte sich die Lefzen.

Mit einem Satz verschwand Frau Holle zwischen den Büschen.

Inzwischen hatte Elisabeth Rehm – die liebe, 72jährige Großmutter – die beiden gehört. So schnell ihre Beine sie trugen, kam sie entgegen. Locke umarmte sie, die Oma umarmte Tom. Nicki umtanzte die drei und ließ sich dann von der Oma kraulen. Der Besuch war nicht angekündigt. Oma Rehm geriet fast aus dem Häuschen, ob auch genug Kuchen da wäre. Aber der war immer da, wie auch der Beerensaft.

Wenig später saßen sie am Gartentisch und schmausten. Nicki hatte frisches Wasser gesoffen und zermalmte einen Hundekuchen mit seinem Prachtgebiß.

„Wir sind über Erpendorf gekommen, Omi", erzählte Locke. „Was wir dort erlebt haben – also, mancher Polizist ist wirklich kein Ordnungshüter und sollte lieber in Pension gehen."

„Erpendorf?" sagte Oma Rehm. „Das kam doch eben in den Radionachrichten."

Lockes Hand, die ein Stück Marmorkuchen hielt, blieb in der Luft hängen. In der gleichen Haltung erstarrte Toms Arm, der gerade ein Glas Birnensaft zum Mund führen wollte.

„Wie bitte?" fragte Locke.

„Da ist vor einer halben Stunde ein Bankraub gewesen", nickte Oma Rehm. „Ich war ganz entsetzt. Weil es doch hier

29

in der Gegend ist. Daß die Verbrecher jetzt auch die Dörfer heimsuchen! Also nein!"

„Bankraub?" Tom setzte sein Glas ab. „Bei der Landwirtschaftsbank?"

„Ja, bei der. Der Kerl hat 80.000 Mark erbeutet. Es war ein Mann in schwarzer Motorradkluft. Bewaffnet war er auch. Und sehr rücksichtslos, offenbar. Er hatte einen roten Sturzhelm und eine Motorradbrille. Nach dem Bankraub ist er aus dem Ort rausgebraust. Zur Stadt. Aber man wird ihn wohl fangen. So hieß es jedenfalls. Mit Straßensperren."

Locke ließ ihren Kuchen auf den Teller fallen und sprang auf.

„Das ist es, Tom. Deshalb die Erdhöhle. Kein Ausbruchversuch, wie wir glaubten, sondern Bankraub. Ob Söckl jetzt spurt?"

Tom schüttelte den Kopf. „Der stellt da keinen Zusammenhang her. Sonst hätte er's weitergemeldet, und der Täter wäre längst gefaßt. Was machen wir?"

„Da fragst du noch! Schläfst du? Hallo, Tom! Ein Fall für uns! Zurück zur Erdhöhle. Omi, was das zu bedeuten hat, erzählen wir dir später. Jetzt haben wir's furchtbar eilig."

Sie lief zum Gartentor. Tom folgte ihr und hielt Nicki an der Leine.

2. Der beraubte Räuber

Im Wachlokal der Erpendorfer Polizeistation roch die Luft säuerlich. Söckl schwitzte. Er war jetzt allein und hatte einige Schlucke aus der Schnapsflasche genommen, die ständig in seinem Schreibtisch stand.

Seine Hände zitterten, während er den Telefonhörer ans Ohr preßte.

Vorhin bei der Landwirtschaftsbank hatte er sich lange mit Nichtigkeiten aufgehalten. Lange genug, um den Bankräuber nicht verfolgen zu müssen, weil das längst aussichtslos war. Freilich — daß der in Richtung Stadt geflüchtet war, hatte er sofort zum Präsidium durchgegeben, samt Personenbeschreibung, die der Filialleiter, ein gewisser Herr Saldo, zum fünften Mal wiederholte.

Eben hatte sein Vorgesetzter, ein Hauptkommissar vom Präsidium, ihn angerufen .

„. . . bleiben Sie in Erpendorf, Söckl. Alle Straßen sind abgesperrt, der Täter kann nicht entwischen. Entweder er ergibt sich — angesichts der Sperren, oder er kehrt um und kommt zu ihnen zurück. Nach Erpendorf, meine ich. Postieren Sie sich auf der Hauptstraße. Sie wissen, was zu tun ist?"

„Selbstverständlich. . . Herr Kom. . . Herr Hauptkommissar."

„In spätestens einer halben Stunde ist dann die Kripo bei der Bank. Ende."

Söckl legte den Hörer zurück. Dann nahm er einen Schluck aus der Flasche.

Gelächter an einem der Fenster ließ ihn herumfahren. Zwei Kinder, Drei-Käse-hochs, sahen herein und amüsierten sich — wohl weil er kein Glas benutzte. Mit einer Handbewegung verscheuchte er sie.

Verflucht, verflucht! Wenn dieser bewaffnete Kerl tatsächlich zurückkam. . . Der würde doch versuchen, sich den Weg freizuschießen.

Wieder klingelte das Telefon. Er meldete sich.

Eine Stimme näselte. „Herr Söckl selbst?"

„Ja, hier Hauptwachtmeister Söckl."

„Ich bin Dr. Mattesen vom Luisenkrankenhaus. Ich rufe über Autotelefon an. Im Augenblick befindet sich unser Notarztwagen zwischen Kirschenhof und Traumbach. Können Sie, bitte, sofort herkommen?"

„Jetzt nicht, Herr Doktor. Ich kann hier nicht weg."

„Herr Söckl, es handelt sich um — Ihre Tochter."

„Was?" Er schrie. Seine Hand umkrampfte den Hörer. „Um Paula? Ist sie verletzt?"

„Offenbar hat sich ihr Wagen mehrfach überschlagen. Es sieht sehr. . . Ich will es mal so ausdrücken: Vielleicht, Herr Söckl, würden Sie sich später Vorwürfe machen, wenn Sie nicht herkommen."

Er atmete schwer. Seine Stimme gehorchte ihm nicht.

„Ich. . . komme", brachte er heraus. Dann fiel der Hörer auf die Gabel.

Sekundenlang hielt er sich an der Schreibtischkante fest. Der Raum begann sich um ihn zu drehen. Er kämpfte den Schwindel nieder, ohne nochmals zu trinken. Mit dem Ärmel wischte er sich über die schweißnasse Stirn.

Es sieht sehr. . . Wie sieht es aus? Schlimm! Also hoffnungslos. Deshalb soll ich hinkommen. Deshalb eilt es. Großer Gott! Warum tust du mir das an? Erst stirbt Gudrun durch meine Schuld. Und jetzt verliere ich meine Tochter?

Er stolperte hinaus. Der Schreck schien ihn zu betäuben. Er handelte mechanisch, wußte nicht, was er tat, als er den Wagen startete und dann durchs Dorf raste, in Richtung Stadt, über die Holperstraße, immer geradeaus, vorbei an dem Gold der Kornfelder.

Er schreckte auf, als ein tiefes Schlagloch den Wagen fast von der Fahrbahn warf. Er starrte nach vorn. Wie im Fieber schlugen seine Zähne aufeinander. Als sein Blick verschwamm, wischte er die Tränen aus den Augen. Weiter!

So weit er sehen konnte – kein Fahrzeug, kein Mensch. Die Bauern – das wußte er – arbeiteten heute auf der anderen Seite des Dorfes.

Er sah die Zubringerstraße nach Traumbach. Er preschte vorbei. Nur ein Stück noch bis Kirschenhof. Himmel, warum war das geschehen? Wieso hatte Paulas Wagen sich überschlagen? Sie fuhr doch immer vernünftig, haßte Raser, war immer konzentriert am Lenkrad, trank niemals Alkohol. War ein anderer beteiligt?

Er starrte nach vorn. Angstschweiß perlte auf seiner Stirn. Er fürchtete sich vor dem Anblick: dem zerfetzten Wagen, dem Notarztwagen, den geschäftigen Sanitätern, den Apparaturen, an die sie sicherlich längst angeschlossen war, seine tödlich verletzte Tochter. Lebte sie noch?

Wieder verschleierten Tränen seine Augen.

Gleich kam Kirschenhof. Aber nichts war zu sehen, die Straße leer – so weit das Auge reichte.

Dann, weit voraus, näherte sich ein Traktor.

Söckl hielt, als sie auf gleicher Höhe waren, und gab dem Mann ein Zeichen. Jetzt erkannte er ihn, einen Bauern aus Traumbach.

„Hallo, Schneidewind! Ist Ihnen ein Unfallwagen begegnet?"

Der rotgesichtige Bauer schüttelte den Kopf. „Nee, Herr Wachtmeister."

„Waren Sie in der Stadt?"

„Nee, ich habe meine Scheune repariert. Hat rein geregnet – neulich."

„Sie müssen doch den Unfall bemerkt haben. Hier, hinter Kirschenhof ist es passiert."

„Hier ist nichts passiert, Herr Wachtmeister. Jedenfalls nicht während der letzten Stunde. Solange bin ich bei der Scheune. Was soll denn gewesen sein?"

„Ich wurde verständigt. Meine . . . meine Tochter hätte. . . also, sie wäre verunglückt."

„Die habe ich gesehen. Ist vorhin zur Stadt gefahren. Hat mir noch zugewinkt."

„Wo. . . ", seine Stimme zitterte, „wo war das?"

„Na, ich war bei der Scheune."

„Ist. . . ist Paula schnell gefahren?"

„Nee, langsam. Richtig gemütlich. Mein Anton lacht schon immer und sagt, wozu die wohl einen Sportwagen hat, wo sie doch nur schleicht. Da täte es doch auch was Lahmes mit Sparmotor. Naja, ist ja schick, der Wagen. Und Ihre Tochter ist auch schick! Arbeitet sie noch bei Funkelstein?"

Söckl antwortete nicht. Seine Gedanken jagten. Hoffnung keimte auf. Vielleicht war alles ein Versehen. Andererseits. . . kann ein Notarzt sich so irren? So verantwortungslos sein?

Er spähte die Straße entlang. In der Ferne erhob sich die Skyline (*Horizont, Kontur*) der Stadt aus der Ebene: Hochhäuser, Kirchtürme, Hochhäuser, Sendetürme, Hochhäuser, Fabrikschlote. . .

Die Straße war leer.

Söckl wendete mit jaulenden Reifen und preschte zurück.

Sein Gehirn schien zu ersticken. Alle Gedanken entglitten ihm. Er schwankte zwischen Verzweiflung und Hoffen.

Im Wachlokal griff er zum Telefon.

Paula arbeitete in dem Funkelstein-Geschäft Sandgasse 5a. Er hatte die Nummer im Kopf. Er wählte. Sein Herz hämmerte.

Nach dem zweiten Läuten wurde abgenommen.

„Juwelier Funkelstein, Paula Söckl am Apparat. Guten Tag."

Er ließ sich auf seinen Bürostuhl fallen.

„Hallo?" fragte Paula.

„Ich. . . bin's", stammelte er. „Du. . . du bist nicht verletzt? Alles in Ordnung, ja."

„Was ist denn los mit dir, Vater?" Ihre Stimme kühlte ab. „Hast du getrunken?"

„Nein, nein! Ich erhielt eben einen Anruf, du seist schwer verunglückt. Ich bin hingerast — zu dem angeblichen Unfallort. Aber dort war nichts."

„Da hat sich jemand einen Scherz erlaubt. Ist ja eine Gemeinheit. Mir fehlt jedenfalls nichts. Einen Unfall habe ich nicht mal von weitem gesehen."

„Gott sei Dank! Paula, gib auf dich acht!"

„Ich passe schon auf mich auf. Das weiß ich selber. Dazu brauche ich deinen Rat nicht."

Er spürte ihre Kälte. Sie würde ihm nie verzeihen. Sie hatte ihre Mutter geliebt. Und durch seine Schuld, durch seine Nachlässigkeit, war Gudrun umgekommen. Daß er damit noch leben konnte! Lebe ich denn noch? dachte er. Es ist doch nur, daß ich noch da bin. Und selbst das hielte ich ohne den Schnaps nicht mehr aus.

„Ist noch was, Vater?" drang Paulas Stimme durch den Draht.

„Nein. Also, bis später dann."

Er horchte. Aber sie legte ohne Erwiderung auf.

Sie fuhren denselben Weg zurück, Locke und Tom mit Nicki. Bei der Abzweigung stießen sie auf eine Straßensperre. Ein Streifenwagen blockierte die Straße, und ein Polizist lehnte an der Tür, langweilte sich und hielt die MP (*Maschinenpistole*) im Arm. Sein Kollege saß auf der Motorhaube, ließ die Beine am Kühlergrill baumeln und äugte durch ein monströses (*ungeheures*) Fernglas. Wohin er spähte? Natürlich in Richtung Erpendorf. Aber auf der Straße war tote Hose (*nichts los*).

Locke überlegte einen Moment, ob es ratsam sei, einfach vorbei zu fahren, hielt aber dann.

Braunes Haar, in dem der Sommerwind spielte, umrahmte ihr Gesicht. Sie sah zum Anbeißen aus.

„Was tut sich denn hier?" fragte sie, während Nicki die Polizisten mißtrauisch beobachtete. Im Nacken sträubte er das Fell wie eine Bürste.

Der MP-Polizist, ein junger Mann mit flaumigem Bart, lachte sie an.

„In Erpendorf hat einer die Bank ausgeraubt. Wir warten darauf, daß er hier vorbeikommt."

Locke warf Tom einen lodernden Blick zu. Kein Wort! hieß das. Beiß dir auf die Lippen! Wir erkunden erstmal die Erdhöhle — und zwar auf eigene Faust!

„Wenn wir ihn sehen, schicken wir ihn her!" sagte Locke. „Wir dürfen doch durch? Wir wollen nämlich nach Hause. Nach Erpendorf. Dort wohnen wir."

Sie wird nicht mal rot, wenn sie lügt, dachte Tom.

„Die ganze Gegend ist abgeriegelt", erwiderte der Polizist. „Rein darf jeder. Aber wer raus will, der wird kontrolliert. Schönen Hund habt ihr da? Wie heißt er denn?"

„Nikolaus vom Conradi-Schloß. Ist edelstes Blut."

„Du willst mich wohl auf den Arm nehmen? Das ist doch ein Mischling."

Locke lächelte. „Aber trotzdem edelstes Blut. Und treu wie Gold."

„Wäre auch ein guter Schutzhund", meinte der Uniformierte und tippte an den Rand seiner Mütze.

Sie rollerten weiter und fühlten sich beobachtet. Denn der mit dem Fernglas starrte in ihre Richtung.

„Eins wollen wir mal klarstellen", sagte Tom. „Die Erdhöhle erkunden Nicki und ich. Du bleibst außer Sichtweite. Der Kerl ist bewaffnet und sicherlich — wie hat die Oma gesagt? — rücksichtslos. Nicki und ich pirschen lautlos an, gedeckt von den Halmen. Der Kerl zählt bestimmt seine Beute. Ich werde ihn überraschen und ihm einen Hira-Ken-Tsuki (*Prankenstoß/ Karate*) verpassen, daß er denkt, der Erpendorfer Kirchturm fällt auf seinen Nüschel. Nein — denken wird er gar nichts mehr, sondern höchstens träumen."

Locke schob die Unterlippe über die Oberlippe, verfuhr dann umgekehrt und schien zu überlegen. Ihr Mund war etwas breiter als üblich und schön geschwungen. Daß sie warme Lippen hatte, wußte Tom sehr genau. Jetzt zog sie eine Schnute und schüttelte den Kopf.

„Nein, das will ich nicht. Ist zu gefährlich für dich. Wenn der schießt, nützt dein ganzes Karate nichts. Außerdem könnte er Nicki verletzen. Das wäre nicht auszudenken."

„Er wird nicht schießen, Locke. Denn er wird mich erst bemerken, wenn ich ihm im Genick sitze. Und Nicki schleicht wie ein Tiger. Nicki allein könnte ihn fertigmachen."

„Es ist zu gefährlich."

„Ist es nicht. Außerdem: Was willst du eigentlich? Wenn wir's nicht machen, muß die Polizei her. Aber bei der Absperrung eben hast du mich angesehen, daß ich ja den Mund halte. Oder nicht?"

„Doch. Und natürlich machen wir das. Aber zu dritt!"

„Und dann, meinst du, wäre es weniger gefährlich? Himmel! Du würdest mich nur behindern. Oder glaubst du, ein Lächeln von dir — und der Bankräuber streckt die Waffen? Bestimmt findet er dich hinreißend, aber 80.000 sind 80.000! Nur wegen deiner schönen Augen wird er sich nicht ergeben."

Locke überlegte eine Weile und beschloß dann, einzulenken. Ausnahmsweise mal. Tom hatte wohl recht. Weiblicher Charme war jetzt nicht gefragt. Aber um Tom und Nicki sorgte sie sich sehr, obwohl Tom als Nahkämpfer einsame Klasse war und bei Nicki allein der Anblick genügte, um mit Muffengang und Fracksausen auf die Knie zu sinken.

„Also gut!" nickte sie. „Aber ich bin in der Nähe, um notfalls Hilfe zu holen."

Sie erreichten Erpendorf. Viele Leute standen auf der Dorfstraße. Man spürte die Aufregung. Ein Bankraub! Diese Sensation! Jetzt stand der Ort im Mittelpunkt des Weltgeschehens. Oder? Vor der Landwirtschaftsbank war eine

Menschentraube. Aber Locke und Tom hielten sich nicht auf, sondern fuhren weiter, ließen das Dorf hinter sich und folgten der Holperstraße.

Schließlich sahen sie das Waldstück, das jetzt links der Straße war: jene 30 bis 40 Bäume, wo sie vorhin gerastet hatten.

Sie spähten über die Felder. Lauer Wind wehte. Die Ähren waren in Bewegung. Brusthoch standen die Halme.

„Neugierig ist er nicht", sagte Locke. „Oder siehst du ihn?"

„Du meinst, der reckt sich und späht zur Straße? Warum sollte er? Hat er doch gar nicht nötig in seinem sicheren Versteck."

„Falls er dort ist."

„Ist er. Ich spür's im großen Zeh. Vielleicht hatte er ein paar Flaschen in der Satteltasche und zieht sich jetzt eine Kaltschale rein (*ein Bier trinken*)."

„Dann Prost!" Locke lachte. Aber das klang ein bißchen gewollt. Ganz wohl war ihr nicht. Immerhin hatten sie es mit einem ausgewachsenen und − wie hatte die Omi gesagt? − rücksichtslosen Bankräuber zu tun.

„Stop!" sagte Tom.

Sie hielten.

„Hier schon?" fragte Locke.

Sie waren noch weit entfernt von dem Stock-und-Stein-Weg, der zu den Fichten führte.

„Näher können wir nicht ran", sagte Tom. „Sonst hört er meinen Hirsch." So hatte er seinen Motorroller getauft. „Dein Hirschkalb", er grinste über die Namensgebung, „säuselt zwar nur. Aber der Kerl könnte sogar das hören − bei dieser Stille in Feld und Flur. Du bleibst hier bei den Feuerstühlen. Ich pirsche mit Nicki querfeldein − im wahrsten Sinne des Wortes. Die Richtung ist so!"

Sein Arm wies in einem Winkel von etwa sechs Grad links an der Baumgruppe vorbei.

Locke nickte. Ihre dunklen Augen, jetzt unnatürlich groß, waren unverwandt auf ihn gerichtet. Die Besorgnis tat ihm wohl, als werde er mit Sahne gebauchpinselt. Er preßte auch gleich Entschlossenheit in seine Züge und krümmte die Finger zum Prankenstoß, probeweise.

Er stellte seinen Roller auf den Grünstreifen, neben Lockes Gefährt, verkürzte Nickis Leine und gebot ihm mit erhobenem Finger: „Ganz still ist der Hund! Ganz leise!" Ein Kommando, daß der Rüde kannte und – meistens – befolgte.

„Setz dich bitte ins Gras, Locke. Könnte ja sein, der riskiert doch mal ein Auge. Vielleicht wird er dann mißtrauisch, wenn er deinen Strohhut sieht. Vielleicht hält er dich für einen verkleideten Polizisten."

„Und du rufst um Hilfe, wenn es brenzlig wird, nicht wahr?"

Tom holte tief Luft. „Also, das ist ehrenrührig!" Er strich ihr über die Wange. „Bis gleich. Komm, Nicki! Und ganz still ist der Hund! Ganz leise!"

Aus klugen Augen blickte der Rüde zu ihm auf, während sie das Kornfeld betraten. Tom ging geduckt. Nicki hielt den Kopf an seinem Knie. Langsam arbeitete Tom sich voran. Er trat viele Halme nieder. Leider konnte er das nicht vermeiden. Aber dieser Schaden ließ sich als Mark-Betrag wohl nur zweistellig ausdrücken. Dem standen 80.000 Mark gegenüber! Falls ihre Vermutung stimmte und er das Unternehmen erfolgreich abschließen konnte.

Die Halme knisterten. Manche Ähre peitschte ihm ins Gesicht. Er zertrat trockene Erdkrume, und Nicki schnappte ab und zu nach Insekten. Im übrigen war der Hund voller Spannung. Er schien zu merken, worum es ging.

Bisweilen richtete Tom sich auf. Er spähte zur Baumgruppe und überprüfte dabei, ob die Richtung stimmte.

Etwa 300 Meter hatte er jetzt zurückgelegt. Weit konnte es nicht mehr sein. In diesem Moment stemmte Nicki die Vorderpfoten in den Boden. Er schob den Kopf vor, die komischen Schlappohren zuckten. Gerade als er warnend grollen wollte, legte ihm Tom die Hand auf die Schnauze.

„Ganz still ist der Hund!" wisperte er ihm ins Ohr.

Nicki bedankte sich für die scheinbare Liebkosung, indem er die Zunge herausschnellen ließ. Feucht-warm leckte er über Toms linke Wange.

Sie pirschten weiter, waren noch vorsichtiger und vermieden jeden Laut.

Dann hörte Tom das Stöhnen.

Wie angewurzelt blieb er stehen.

Und wieder stöhnte jemand, als ringe er mit dem Tod — oder zumindest mit Bauchschmerzen. Schauerlich klang das.

Nicki stellte vom Schwanz bis zum Nacken eine gewaltige Bürste auf und grummelte tief unten in seiner mächtigen Brust.

Tom schob sich weiter, teilte die Halme mit einer Hand, war zum Sprung bereit und hielt Nickis Leine so, daß er ihn sofort loslassen konnte.

Das Stöhnen war schwächer geworden, klang irgendwie erstickt, jedenfalls nicht so, als verzweifle der Bankräuber, weil er zu wenig oder nur Falschgeld erwischt hatte.

Nur noch wenige Meter.

Nicki knurrte dumpf und fletschte die Zähne.

Dann standen sie vor der Erdhöhle. Tom überblickte die Lage, faßte Nickis Leine fester und richtete sich auf.

Erst beschnupperte der Rüde die schwere Maschine, eine japanische, die neben der Höhle lag. Dann wandte er sich dem Fahrer zu, wurde aber von Tom zurückgehalten.

Es war ein feister Kerl, der da bäuchlings im Korn lag. Von der Ferse bis zum Nacken steckte er in schwarzer Lederkleidung, was bei diesem Sonnenbad in der Hitze bestimmt nicht angenehm war. Noch unangenehmer war freilich die blutende Beule am Hinterkopf. Auch die auf dem Rücken gefesselten Hände trugen nicht zum Wohlbefinden bei. Mit

41

dem gleichen Strick hatte man dem Kerl die Füße zusammengeschnürt. Über seinen roten Sturzhelm, der etwas zur Seite gekullert war, krabbelten Fliegen.

Tom ließ es zu, daß Nicki den Kerl beschnupperte und dann das Interesse verlor.

„Mann, nimm den Köter weg!"
Der Bankräuber war bei Besinnung und hatte das Gesicht zur Seite gedreht. Es war roh und knollig, mit tiefliegenden Augen.
„Sag nicht nochmal Köter!" warnte Tom.

„Mach mich los, Mann! Siehst du nicht? Ich wurde überfallen!"

„Und wen hast du überfallen? Die Landwirtschaftsbank! Und hier wolltest du dich verstecken, weil du aus der Gegend nicht entkommen kannst. Wer hat dich niedergeschlagen? Dein Komplice?"

Der Bankräuber schwieg. Seine Hoffnung, Tom wisse noch nichts, beziehungsweise durchschaue den Zusammenhang nicht, zerplatzte wie eine Seifenblase.

„Nach dem Geld brauche ich wohl gar nicht zu suchen", sagte Tom. „Das hat der andere. Aber ich will wissen, wer's ist."

Keine Antwort.

„Komm, Nicki!" sagte Tom. „Der Herr möchte noch in bißchen in der Sonne schmoren. Und die Nacht hier verbringen. Und den morgigen Tag. Verpflegung und Lektüre hat er ja genug. Also dann. . ."

„Ich habe keinen Komplicen." Der Bankräuber stöhnte. „Ich hab's allein gemacht. Mann, bin ich fertig! Ich kam her. Als ich die Maschine hingelegt hatte, nahm ich den Helm ab. Da war einer hinter mir. Der hat mir eins übergebraten, daß sofort Nacht war. Hat den ganzen Zaster, das Schwein. Und meine Kanone. Hab nichts gesehen und nichts gehört von ihm, Scheiße!"

„Das nenne ich eine Pleite! Jetzt wirst du verknackt für nichts und wieder nichts!"

Er nahm ihm die Fußfessel ab. Erst mit Toms Hilfe konnte der Kerl aufstehen. Sein Gesicht war fahl. Tom vergewisserte sich, daß er keine Waffe mehr bei sich trug. Dann löste er auch die Handfessel.

„Aber keine Zicken! Das würdest du bereuen. Wie heißt du?"

Er hieß Franz Honolke. Plötzlich wurde ihm übel. Er erbrach sich, was Tom und Nicki abgewandt erlebten. Dann setzte er sich auf den Boden. Wieder begann er zu stöhnen.

44

„Mein Kopf! Dieses Schwein! Hätte mich totschlagen können. Und läßt mich dann in der Sonne liegen. Mein Schädel
zerplatzt. Bestimmt ist das ein Schädelbruch. Ooouuuhhh!"

„Keine Müdigkeit vorschützen!" sagte Tom. „Jetzt geht's
nach Erpendorf. Und zwar schnell. Die Beule bringt dich
nicht um, Honolke."

Der Kerl mußte vorangehen. Er schlurfte, als hätte er Blei
in den Füßen.

Locke hörte sie kommen und stand auf. Honolkes Anblick
war abstoßend. Der Kerl glotzte erstaunt, sagte aber nichts.
Tom berichtete, wie er ihn vorgefunden hatte.

„Das heißt", sagte Locke, „der Unbekannte hat auf ihn gelauert."

„Und ist jetzt mit der Beute verduftet."

Sie zupfte an ihrer ärmellosen Bluse. „Honolke, wann haben Sie die Erdhöhle gebaut?"

„Wann? Warum willst du das wissen? Na, von mir aus!
Gestern nacht habe ich das gemacht. Hintereinander, fertig
und aus! Hab den Aushub mit der Maschine weggekarrt und
. . . O verflucht! Umsonst, umsonst! Und ich brauchte das
Geld so dringend. Habe Schulden bis unters Dach."

„Auf diese Weise kann man keine Schulden tilgen." Ihr
Gesicht glühte, als sie sich Tom zuwandte. „Begreifst du,
daß das den Täterkreis verkleinert? Was sage ich! Der Kreis
wird zum Punkt."

Er nickte. „Außer uns hat niemand die Erdhöhle entdeckt.
Da wette ich. War ja auch bei uns nur Zufall. Wegen Nicki.
Wem haben wir davon erzählt, wem haben wir's berichtet?
Locke, herzige Doppelschnitte (*Teenager-Jargon: Schnitte =
junges Mädchen*)! Verdacht fällt vom Himmel! Und auf
wen?"

„Er war mir gleich nicht sympathisch", sagte sie. „Und ein
schlechter Polizist ist er auch."

45

3. Nur einer hat ein Alibi

Honolke unternahm keinen Fluchtversuch. Ihm schlakkerten die Knie. Er verfiel in Schweigen, trottete mit gesenktem Kopf und blickte erst auf, als sie in Erpendorf vor der Polizeistation ankamen.

Von der Dorfbevölkerung hatten sie nichts gesehen. Die hielt sich bei der Landwirtschaftsbank auf, wo Kripobeamte aus der Stadt Wirbel machten. Sie suchten nach Spuren, die es nicht gab, und befragten den Filialleiter Saldo und die beiden anderen Angestellten.

Söckl war dort gewesen, aber inzwischen wieder zurück. Bei der Bank fühlte er sich überflüssig. Jetzt saß er in seinem Wachlokal am Schreibtisch und widerstand dem Wunsch, abermals Schnaps zu trinken.

Das Telefonat, das er eben mit dem Luisenkrankenhaus geführt hatte, verwirrte ihn. Dort, das hatte man ihm klipp und klar gesagt, gäbe es keinen Dr. Mattesen. Auch niemanden, der so ähnlich heißt. Und es liege auch keine Unfallmeldung vor für den Straßenabschnitt Kirschenhof-Traumbach.

Also hatte man ihm, Söckl, tatsächlich einen gemeinen Streich gespielt. Warum? Er war doch beliebt überall. Respekt und Achtung blieben ihm versagt, aber er wurde geduldet und hätte nie geglaubt, daß man ihm so übel mitspiele.

Als Locke hereinkam, schoben sich seine Brauen zur Stirn. „Nanu, kleines Fräulein?"

Sie trat beiseite und deutete auf Honolke, den Tom vor sich herschob. Nicki hechelte und schnupperte in Richtung Papierkorb. Dort roch es nach Butterbrot.

„Das ist der Bankräuber", sagte Locke. „Er heißt Franz Honolke. Wir haben ihn bei der Erdhöhle gefunden. Er lag dort und war gefesselt. Ein Unbekannter hat ihn hinterrücks niedergeschlagen und sich die Beute genommen. Jetzt sind Sie dran, Herr Hauptwachtmeister!"

Nach einer Weile schloß Söckl den Mund. Er sah von einem zum anderen, sah sogar Nicki an.

Honolke hielt den Kopf gesenkt und hätte Modell stehen können für schlechtes Gewissen. Söckl brauchte nicht mehr zu fragen.

„Ihr. . . ihr habt also. . . ihr seid zu der Erdhöhle hin? Oh! An die habe ich nicht mehr gedacht."

Locke tauschte mit Tom einen Blick. Dann sagte sie: „Bevor Sie ein Protokoll anfertigen – oder was jetzt zu tun ist –, hätten wir was mit Ihnen zu besprechen, Herr Söckl. Können Sie Honolke einsperren?"

„Eine Zelle habe ich hier nicht, aber im Keller geht's."

Er brachte ihn hinunter. Honolke stöhnte zwar, leistete aber keinen Widerstand.

Dieses Würstchen! dachte Locke, als Söckl zurückkam. Sieht aus wie der Tod auf Latschen und ist nicht halb so munter. Der und Überfall? Eigentlich kaum zu glauben. Andererseits – das Aussehen verrät wenig. Manche hält man für Seelsorger, und es sind dann die schlimmsten Halunken.

„Nun?"

Söckl war kleinlaut, seine Überheblichkeit abgeflossen wie Wasser aus der Kloschüssel. Er wagte kaum, die beiden anzusehen, sondern richtete den Blick zwischen sie, als säße dort jemand im Rang eines Vorgesetzten.

„Bevor wir mit unserem Verdacht zur Kripo gehen", sagte Locke, „sollen Sie sich rechtfertigen können, Herr Hauptwachtmeister. Wir glauben nämlich, daß Sie der Unbekannte sind, daß Sie Honolke hinterrücks betäubt und jetzt die Beute haben: immerhin 80.000 Mark. Wir glauben das, weil sonst fast niemand von der Erdhöhle wissen konnte. Und weil Sie sich widersetzten, dort nachzusehen."

Söckls Knochengesicht verlor die Bleichsucht. Jetzt hatte es überhaupt keine Farbe mehr. Sekundenlang glotzte er, als wäre er nicht ganz dicht unter der Uniformmütze.

„Was? Ich? Das ist doch nicht euer Ernst."

„Wir wollen keine Ulk-Schau abziehen", erwiderte sie. „Das haben Sie vorhin gemacht. Wir servieren Tatsachen. Zählen Sie doch selber mal eins und eins zusammen. Ich komme immer auf drei. . . äh. . . zwei. Also?"

„Ist ja lächerlich!" Er atmete tief, denn Empörung braucht Luft. „Ich bin Polizeibeamter, kein Räuber. Zugegeben: Ich hielt eure Meldung für unerheblich. Gut, ich habe mich geirrt. Aber ich war nicht bei der Erdhöhle. Ich weiß gar nicht, wo sie ist."

„Sie waren nicht bei der Erdhöhle?" schaltete Tom sich ein. „Wo waren Sie dann — vor etwa 50 Minuten?"

„Hier!" Söckl wehrte sich nicht gegen das Verhör. „Das heißt. . . " Er blickte auf seine Hände. „Ich . . . äh. . . war unterwegs. Bin bis Kirschenhof gefahren."

„Dann können Sie auch bei der Erdhöhle gewesen sein." Locke hätte fast in die Hände geklatscht. „Dieses Alibi ist kein Alibi, Herr Hauptwachtmeister."

Söckl zog ein Taschentuch hervor und wischte sich übers Gesicht. Er starrte das Telefon an wie einen Feind. Panik breitete sich über sein Gesicht.

„Mein Gott!" murmelte er. „Der Anruf! Was hat das zu bedeuten? Besteht da ein Zusammenhang?"

Das Pärchen sagte nichts, fragte auch nicht, sondern wartete, bis er von selber redete. Und das tat er. Von dem angeblichen Unfall seiner Tochter erzählte er den beiden und daß er zwar den Bauern Schneidewind als Zeugen habe. Aber zur Entlastung tauge das nicht. Denn der könne ja nur bestätigen, daß er, Söckl, die Straße zwischen Traumbach und Kirschenhof befahren habe. Was ja nicht ausschließe, daß er den Abstecher gemacht hätte — zur Erdhöhle.

„Ich. . . ich weiß nicht", stammelte er, „ob dieser Anruf erfolgte, um mich dorthin zu locken. Um mich in Verdacht zu bringen. Das hieße ja, hinter der einen Gemeinheit steckt noch eine andere."

Für einen Moment herrschte Schweigen. Nicki gähnte laut

und legte seinen Kopf auf Lockes Füße. Sie unterdrückte ein Kichern, denn seine rauhe Zunge leckte über ihre Zehen. Immerhin hellte das ihre Miene auf. Söckl mißverstand diese Heiterkeit, bezog sie auf sich und schöpfte Mut.

„Ihr glaubt mir, nicht wahr?"

Tom wollte energisch den Kopf schütteln, aber Locke sagte: „Könnte sein, es stimmt."

Sie wandte sich an Tom. „Eben fällt es mir ein: die Terrorbande! Stell dir vor, sie steckt dahinter!"

„Wer?"

Sie lächelte wie jemand, der mehr weiß als andere und dieses Wissen als Macht empfindet.

„Wie gut, wenn man an der Quelle sitzt und alles sofort erfährt, sozusagen aus erster Hand. Mein Papi ist nämlich Lokalredakteur beim Tagblatt", erläuterte sie für Söckl, „von ihm weiß ich, daß in der Stadt was im Busch ist — oder vielmehr, daß da Verbrechen ausgeführt werden, bei denen immer das Telefon mitspielt. Verbrecher benutzen es, um ihre Opfer reinzulegen. Immer neue Tricks denken sie sich aus. Und der erste Kontakt erfolgt über den heißen Draht, der Kontakt zwischen den unbekannten Ganoven und ihren Opfern. Die Sache vorhin, Herr Söckl, könnte sowas sein."

„Von der Terror-Bande habe ich gehört", nickte der Polizist. „Aber wieso kommen die auf mich? In welchem Zusammenhang stünde das dann mit dem Bankraub? Ich sehe keine Querverbindung. Ich sehe nur, daß ich kein Alibi habe. Ich wußte von der Erdhöhle und ich war dort in der Nähe, als Honolke seiner Beute beraubt wurde. Euer Verdacht ist verständlich. Wenn nun die Kollegen von der Kripo genauso denken — o Gott!"

„Verweisen Sie auf die Terror-Bande und darauf, wie die ihre Verbrechen einfädelt. Und lassen Sie Honolkes Maschine abholen. Die liegt noch im Kornfeld. Wir müssen jetzt weiter. Unser Hund braucht sein Fressen. Sehen Sie nur, wie unruhig der ist!"

49

Söckl und Tom sahen Nicki an. Der lag wie aus Bronze gegossen auf dem Bauch, regte nicht mal die Schwanzspitze und döste mit geschlossenen Augen. Ans Fressen schien er nicht zu denken.

Söckl verstand nicht, was Locke meinte. Tom ahnte, weshalb sie aufbrechen wollte.

Der Abschied fiel kurz aus. Söckl quälte ein Lächeln in seine Züge, wartete, bis sich die Tür schloß, und nahm dann einen Schluck aus der Schnapsflasche. Er mußte sich stärken, bevor er zur Bank fuhr, wo die Kripo-Kollegen immer noch nach Spuren des Bankräubers suchten.

Locke und Tom verließen das Haus. Unter der Linde tanzten Mückenschwärme, die Luft schien zu zittern.

„Du hast es aber eilig." Tom lächelte. „Und schiebst sogar unseren Vierbeiner vor."

Locke bog an der Krempe ihres Strohhutes. „Und weißt du, warum?"

„Ich ahne es."

„Nämlich?"

„Es gibt da noch einen, der von der Erdhöhle weiß."

Sie nickte. „Einen feisten Zigarrenraucher mit Glatze und Goldzähnen. Der war mir gleich so sympathisch wie gepanschtes Öl, der Karl-Friedrich Ehrenhorn. Und weil er vorhin zufällig im Wachlokal saß, hat er alles mitgekriegt. Wie sagte Söckl: Herr Ehrenhorn ist mein Freund, ein vertrauenswürdiger Bürger. Die Vertrauenswürdigkeit wäre erst noch zu beweisen, nicht wahr?"

„Du sprichst mir wiedermal aus der Seele."

„Gib nicht so an! Eine Seele hast du doch gar nicht."

„Ich hoffe, deine reicht für uns beide. Kümmern wir uns also um Ehrenhorn, wie? Und überprüfen mal, ob er eine Seele hat — beziehungsweise, von welcher Farbe sie ist: schwarz oder weiß."

Locke verscheuchte Mücken, die sich in ihrer braunen Mähne einnisten wollten, und stieg auf den Roller.

„Der Mercedes hatte ein städtisches Kennzeichen. Also wohnt Ehrenhorn in der Stadt. Damit steht die Richtung fest."

Sie fuhren zurück.

Der Nachmittag neigte sich. Schwüle legte sich über Stadt und Land. Nicki hechelte. Sie hielten an einem Bach, damit er saufen konnte. Es klang, als bekämpfe ein Nilpferd sein Halsweh, und die Kaulquappen flitzten verängstigt hin und her.

Locke und Tom hatten damit gerechnet, auf eine weitere Straßensperre zu stoßen. Aber Honolkes Festnahme hatte sich offenbar rumgesprochen — über Funk, wodurch sich Straßensperren erübrigten. Daß man den Unbekannten erwischte, der jetzt das Geld hatte — darauf war ohnehin nicht zu hoffen.

„Weißt du", sagte Locke, „was Söckl betrifft, habe ich gründlich nachgedacht. Und meine Meinung geändert. Der ist nicht schlecht. Der ist nur beschränkt. Aber wenn so ein Tropf in der Tinte sitzt, muß man ihm helfen. Kann sein, daß seine Kollegen ihm glauben. Kann aber auch sein, sie denken wie wir anfangs dachten. So ein Verdacht ist wie Schuppenflechte. Man wird und wird sie nicht los. Deshalb müssen wir ihm helfen, finde ich. Indem wir rausfinden, was hinter dem Anruf steckt."

„Falls was dahinter steckt! Vielleicht hat der Zufall zwei Sachen zusammengelegt: den gemeinen Streich an Söckl und den hinterhältigen Überfall auf Honolke."

„An Zufälle glaube ich erst, wenn es keine anderen Erklärungen gibt. Habt ihr ein Telefonbuch zu Hause?"

Tom schüttelte den Kopf. „Mutter und ich wissen alle Rufnummern auswendig. Es sind ja nur 250.000, schätzungsweise."

„Mondkalb! Meine Frage bedeutet doch: Ob wir wohl den Ehrenhorn im Telefonbuch finden, damit sich — flugs — seine Adresse ermitteln läßt."

51

Sie ließ sich ermitteln. Ehrenhorn besaß sogar drei Anschlüsse. Er war Makler und vermittelte Immobilien (*Liegenschaften = Häuser, Grundstücke*).

In Toms Zimmer wälzte Locke das Telefonbuch. Tom saß unterdessen auf dem Teppich, mit gekreuzten Beinen, und zupfte auf seiner Gitarre. Nicki haßte Musik. Er zog sich in die Diele zurück, wo sein Lager lockte: eine dicke Hunde-Matratze. Nach dem weiten Ausflug war die Ruhe verdient.

Locke notierte die Ehrenhorn-Adresse und schob den Zettel in ihre Umhängetasche.

„Und du schämst dich überhaupt nicht?" fragte sie Tom.

„Wie? Was ist los?"

„Sieh dich mal um."

Sein Blick glitt umher, verständnislos. Dann dämmerte es ihm.

„Hm. Es könnte ordentlicher sein."

„Ordentlicher? Dieser Raum ist ein Chaos (*äußerste Unordnung*)."

„Ich finde alles — wenn ich lange genug suche. Außerdem sieht es nur so schlimm aus, weil Mit-Ha heute vormittag frei hatte. Sonst schafft sie Ordnung und macht auch mein Bett."

„Und du rührst keinen Finger?"

„Doch, ich mach's wieder gemütlich, sobald sie raus ist. Das heißt, ich werfe Kissen auf den Boden, zerwühle das Bett, lege Klamotten über Sessel und Couch, weil das malerisch ist, sorge also für wohnliche Atmosphäre. Dann ist es fast so schön wie in deinem Zimmer. Das sieht ja auch nicht geleckt aus."

„Die scheinbare Unordnung bei mir trügt. Dahinter steckt System. Mein System. Mit dieser Schlamperei hier ist das nicht zu vergleichen."

„Der Meinung bin ich auch", sagte eine Stimme von der Tür her. „Wasch ihm mal ordentlich den Kopf, Locke."

Dr. Helga Conradi, Toms Mutter, hatte sich lautlos genähert, nicht schleichend, sondern weil sie barfuß war. Sie hat-

te geduscht und trug einen mitternachtsblauen Bademantel, knöchellang.

„Tag, Helga!"

Locke lief zu ihr und erhielt einen duschfeuchten Kuß auf die Wange.

Das ‚Du' zwischen allen Rehms und allen Conradis war selbstverständlich, denn im Grunde handelte es sich um eine große Familie — mit getrennten Haushalten. Eigentlich fehlte nur noch der Trauschein. Aber damit hatten es die beiden nicht eilig: Gunter, Lockes Vater, und Helga.

„Ihm bekommt es nicht, daß er nur von Weibern umgeben ist." Helga lächelte. Aber ein schlanker Finger wies anklagend auf Tom. „Ich lasse ihm zuviel durchgehen. Mit-Ha umhätschelt ihn und räumt ihm alles nach. Du, Locke, müßtest ihn noch härter anfassen."

„Verschwörung!" schrie Tom. „Wenn's jetzt gegen mich geht, verbünde ich mich mit Gunter und Mike."

„Also", sagte Locke, „ich springe ziemlich hart mit ihm um. Aber er verträgt das."

„Stabil ist er", nickte Helga.

Alle lachten und Nicki trabte schwanzwedelnd heran.

„Ihr wart draußen bei der Oma?" Helga rubbelte ihr Haar.

„Jaaa", sagten beide.

„Und sonst war nichts?"

„Kaum der Rede wert", meinte Tom.

„Um Himmels willen!" Helga hielt inne, ihr Haar zu trocknen. „Was ist denn geschehen?"

„Nicki fand die Erdhöhle", sagte Locke, „und wir fanden dann den Bankräuber. Er war schon gefesselt, sonst hätte Tom ihn. . . Aber Gewalt war diesmal nicht nötig."

Sie berichtete. Helgas Gesicht gewann die frische Farbe zurück, die der Schreck ihr genommen hatte.

Sie war eine berückende Blondine, blauäugig und schlank. Tom verehrte seine Mutter, und Locke konnte sich keine bessere mütterliche Freundin wünschen.

54

Helga staunte. Dann gewann ihre Besorgnis die Ober-
hand. „Und was habt ihr jetzt vor?"

„Wir wollen nur mal den Ehrenhorn fragen, ob er ein Alibi
hat." Locke lächelte.

„Der wird sich freuen. Das heißt, er wird euch hochkantig
rauswerfen. Wenn er Makler ist, ist er auch ein Ehrenho. . .
eh. . . Ehrenmann. Alle Makler legen Wert darauf, daß man
sie für ehrlich hält. Scheint am Beruf zu liegen."

„Wenn er uns rauswirft, machen wir die Polizei auf ihn
aufmerksam." Tom stand auf. „Bis nachher, Mutter."

„Aber laßt Nicki hier. Er ist müde."

★

EHRENHORN IMMOBILIEN — das Büro lag in einer Seitenstraße.

Locke und Tom stellten ihre Roller am Bordstein ab. Locke
sah an dem sechsstöckigen Haus empor, wobei sie ihren Hut
festhalten mußte. Das Haus war alt, aber mit viel Aufwand
erneuert. Es strahlte mehr Würde aus als der Geschäftsinha-
ber im Erdgeschoß, wo sie jetzt eintraten.

Im Vorzimmer saß eine junge Frau hinterm Schreibtisch.
Sie schielte auf einem Auge, war aber ansonsten ein Blick-
fang — in ihrem engen Kleid. Ihr Haar war rot und im Nak-
ken zu einem Knoten geschlungen.

Sie telefonierte gerade. Den Hörer hielt sie mit den Fingerspitzen, als sei er zerbrechlich.

Den Gruß der beiden erwiderte sie mit flüchtigem Nicken.

„. . . geht in Ordnung, Herr Seim. Ich notiere den Ter-
min. Danke! Auf Wiederhören." Sie legte auf. „Ja, bitte?"
wandte sie sich an die beiden.

„Wir wollen zu Herrn Ehrenhorn", sagte Locke.

„So? Und in welcher Angelegenheit?"

„Es ist was Persönliches."

„So?" Sie schien zu überlegen, ob es sich um ein Geburts-

55

tagsständchen oder Grüße ferner Verwandter aus Kanada handele.

„Herr Ehrenhorn kennt uns", sagte Tom. „Jedenfalls vom Sehen."

Inzwischen hatte die Dame entschieden, man könne den Chef stören — bei seiner segensreichen Tätigkeit. Jedenfalls teilte sie ihm mit, hier befänden sich zwei Teens, die ihn sprechen möchten. Um diese Botschaft zu übermitteln, benutzte sie die Gegensprechanlage. Ehrenhorn zeigte sich geneigt und öffnete selbst die Tür zu seinem Chefzimmer.

„Ah, ihr?" staunte er. „Meine jungen Freunde besuchen mich. Na, sowas!"

Woher nimmt der die Frechheit, uns „seine Freunde" zu nennen, dachte Locke. Und daß wir jung sind, wissen wir selbst. Alter Esel!

Aber um nicht gleich Kampfstimmung aufzubringen, lächelte sie mit ihrem schön geschwungenen Mund.

„Nett, daß Sie sich an uns erinnern."

„Aber, aber. . . Könnte ich denn anders?"

Er schloß die Tür und bot ihnen Platz an auf der gelben Ledercouch.

Locke setzte sich auf die Kante, strich den Rock glatt, nahm ihren Hut ab und legte ihn auf die Knie. Auch ohne Locken war ihre Mähne eine Pracht, die man stundenlang bewundern konnte. Und einen Hauch von Locken — den gab es ja. Lockes Kinderwunsch, wie ein geföhnter Pudel auszusehen, hatte sich allerdings nicht erfüllt. Dennoch trug sie ihren Spitznamen seit Jahren.

Ehrenhorn setzte sich hinter seinen Schreibtisch und nahm die qualmende Zigarre aus dem Aschenbecher. Er saugte an der Havanna wie ein Säugling am Schnuller. In seinen glitzernden Augen stand Wachsamkeit — was weder Locke noch Tom entging.

„Wissen Sie schon, was sich vorhin in Erpendorf ereignet hat?" fragte Locke.

56

„Ereignet? In dem Kaff?" Er lachte. „Wurde ein Huhn überfahren?"

„Sie wissen es also nicht. Ein Ganove hat die Bank ausgeraubt. Danach wollte er sich in der Erdhöhle verstecken. Erdhöhle! Sie entsinnen sich? Wie könnten Sie denn anders."

„Natürlich entsinne ich mich. Alle Wetter! Wer hätte das gedacht! Dann lagt ihr beinahe richtig — mit eurer Vermutung. Und? Was ist nun geschehen?"

Locke erzählte es und fügte an: „Wir meinen, nur fünf Personen wußten von der Erdhöhle: Honolke, Söckl, Tom, ich und — Sie, Herr Ehrenhorn. Wer hat Honolke niedergeschlagen und das Geld genommen? Tom und ich waren es nicht. Hauptwachtmeister Söckl hat zwar kein Alibi, scheidet aber — davon sind wir überzeugt — als Täter aus."

„Ganz bestimmt!" nickte Ehrenhorn, wobei er eine Wolke paffte. „Ich kenne doch Heinz. Er ist ein bißchen vertrottelt, aber die ehrlichste Haut, die man. . ." Er stockte. „Heh! Moment mal! Da bleibt ja keiner außer mir."

Locke nickte. „Deshalb sind wir hier. Wir wollen feststellen, ob Sie für die Tatzeit ein Alibi haben."

Verblüffung malte sich in sein Feistgesicht. Beinahe hätte er am falschen Ende der Zigarre genuckelt.

„Ob ich ein Alibi habe? Ja, seid Ihr denn von der Polizei?"

Locke lächelte. Ihr Liebreiz füllte das nüchterne Büro, als verströme hier ein Meer von Rosen seinen Duft — jedenfalls kam es Tom so vor, als er sie von der Seite betrachtete.

„Alibi?" Ehrenhorn hatte sich gefangen. „Nö, habe ich nicht. Wieso auch? Woher sollte ich denn wissen, daß ich ein Alibi brauche? Natürlich war ich in dem Kornfeld. Ich bin auf dem Bauch gekrochen. Seht meinen Anzug an!" Es war noch derselbe wie vorhin, cremefarben und knitterfrei. „Ist total ruiniert. Aber umziehen konnte ich mich noch nicht. Mußte erst die Beute verstecken. Übrigens: Niedergeschlagen habe ich diesen Honolke mit einer Ähre. Man glaubt ja nicht, wie schwer die sind."

57

Nach dieser Albernheit wollte er sich ausschütten vor Lachen.

„Also kein Alibi", stellte Tom fest.

Ehrenhorns Gelächter verstummte. „Für welche Zeit? Stop! Mir fällt ein: Ich habe ein Alibi. Klar! Um Himmels willen! Beinahe hätte ich's vergessen. Also, mal genau! Wann etwa wurde dieser Honolke niedergeschlagen?"

„Zwischen Viertel und halb vier."

„Da war ich längst bei Franco."

„Einem Bekannten?"

„Franco ist ein italienisches Lokal, eine Pizzeria. Bin sehr häufig dort. Vom Koch bis zur Putzfrau kennen mich alle. Bestimmt können die bestätigen. . . Ja, bestimmt sogar. Ich wollte nämlich eine Mafia-Torte (*Jargon: Pizza*), mußte aber warten, weil der Koch beim Frisör war. Damit läßt sich das zeitlich genau bestimmen, hoffentlich. Im übrigen", er sah auf die Armbanduhr, „werde ich mich jetzt abermals dorthin begeben. Habe nämlich Appetit auf einen süffigen Wein. Euch lade ich ein. Pizza, Spaghetti, Eis — was ihr wollt! Solcher Eifer muß belohnt werden. Finde ich fabelhaft, wie ihr euch einsetzt. Ihr könnt dann gleich mein Alibi überprüfen. Ihr werdet feststellen: Es muß noch jemanden geben — außer Söckl, euch und mir — noch jemanden, der von der Erdhöhle wußte. Und der ist der Täter." Lächelnd fügte er hinzu: „Es tut mir fast leid, daß ich euch enttäuschen muß. Aber ich war es wirklich nicht."

„Vielen Dank für die Einladung!" sagte Locke. „Wir kommen gern. Bei Franco gibt's doch sicherlich gemischten Salat? Finden Sie nicht auch, daß wir fair (*anständig*) sind? Statt gleich die Polizei auf Sie aufmerksam zu machen, wollten wir erst mit Ihnen reden. Das ist nun geschehen."

„Und jetzt können wir feiern", nickte Ehrenhorn.

Locke und Tom gingen voran und warteten draußen bei ihren fahrbaren Untersätzen, während Ehrenhorn seiner Vorzimmerdame noch Anweisungen gab.

„Ich wundere mich, daß du angenommen hast", sagte Tom. „Auch wenn er's nicht war — ein schleimiger Kerl bleibt er trotzdem."

Locke nickte. „Ich komme nicht wegen der Salatblätter mit, sondern um sein Alibi zu überprüfen. In gelockerter Stimmung geht das am besten."

Ehrenhorn trat aus dem Haus und sagte, es wäre nicht weit, nur um die Ecke, er lasse den Wagen hier und laufe.

Die beiden rollerten voraus und entdeckten das FRANCO. Es sah aus, als gehöre es zur gehobenen Kategorie (*Sorte*). Der Eindruck verstärkte sich, als sie eintraten. Die stilvolle Einrichtung war sicherlich italienischer als man's häufig in Italien antrifft. Schwarz-weiß gekleidete Kellner mit roten oder grünen Schürzen umschwärmten die weißgedeckten Tische wie Motten das Licht.

Der Chef selbst empfing Ehrenhorn. Er hieß Franco Pestalzo, wie Locke später auf der Speisekarte las. Er machte ein Gewese um den Makler, als hätte sein Restaurant diesen Glanz noch nie erlebt. Er riß einen Tisch zurück, damit Ehrenhorn sich durchzwängen konnte. Locke wurde mit feurigen Blicken bedacht. Tom erntete immerhin ein Grinsen, das einen langen Eckzahn entblößte.

Franco sah aus, als erledige er für die Mafia (*italienische Verbrecherorganisation*) Kapitalverbrechen wie Menschenraub, Erpressung und Mord. Er hatte nur Kanten und Winkel im Gesicht. Die schwarzen Augen waren wie Eis. Wenn er lachte, sträubte sich der Schnauzbart. Und er lachte nach jedem dritten Wort, aber mit Heiter- oder Herzlichkeit hatte das nichts zu tun.

Ehrenhorn bestellte eine Flasche Wein für sich, Locke einen Salat. Dazu wollte sie Milch, ihr Lieblingsgetränk. Aber die Kuh hätte Urlaub, sagte man ihr, weshalb es dann auch ein Mineralwasser tat. Tom hatte Hunger und entschloß sich zu einer Pizza.

Franco notierte die Bestellung. Bevor er davon eilte, sagte

Ehrenhorn: „Als ich heute nachmittag herkam, Franco —
weiß du zufällig, wann das war?"

„War früher Nachmittag, Herr Ehrenhorn."

„Richtig. Aber ich würde es gern genauer wissen."

„Hm. Als Sie bestellten, war Hans beim Frisör. Er kam vor
drei Uhr zurück, wie ich mich entsinne. Sie saßen schon eine
ganze Weile beim Espresso. Sie müssen vor halb drei gekommen sein. Ist es wichtig?"

„Jetzt nicht mehr. Danke!"

Der Italiener entfernte sich. Ehrenhorn sah die beiden an.
„Zufrieden?"

„Jetzt endgültig", nickte Locke. „Der Verdacht, Herr Ehrenhorn, ist von Ihnen genommen. Hätte uns auch gewun-
dert, wenn es anders wäre. Ein Ehrenmann wie Sie plündert
keinen Bankräuber aus."

Der Makler lachte. „Da hast du recht. Was das betrifft, halte ich mich an meine Kunden."

4. Der seltsame Kommissar

Schon als Schulmädchen hatte Paula Söckl davon geträumt, sich mit Schmuck zu behängen. Vor jedem Juweliergeschäft war sie stehen geblieben. Mit leuchtenden Augen hatte sie die Kostbarkeiten bewundert. Inzwischen hatte ein Teil ihres Traums sich verwirklicht.

Die Sandgasse, wo sie arbeitete, war eine ruhige Gegend, am Rande eines Einkaufsviertels für gehobene Ansprüche.

Der späte Nachmittag füllte die Straße mit warmem Licht. Aber kein Kunde kam, und die wenigen Passanten strebten in Richtung Biergarten oder nach Hause.

Im Spiegel lächelte die hübsche Blondine sich zu. Dann verschloß sie die Tür.

Der Chef merkt es ja nicht, dachte sie. Und tatsächlich: Der Juwelier Funkelstein, ein besessener Goldschmied, saß fast nur in seiner Werkstatt, wo er erlesene Kostbarkeiten schuf. Um die drei Geschäfte kümmerte er sich kaum. Das überließ er seinem Personal.

Paula öffnete eine der Schmuckvitrinen aus Panzerglas und holte ihre Schätze hervor.

Vor dem Spiegel legte sie sich Ketten und Armbänder um, steckte Ringe auf die Finger und Clips an die zarten Ohren: Schmuck, den sie für Augenblicke wie diesen ausleihen durfte, aber den sie sich nie kaufen konnte. Jedes Stück war ein Vermögen wert.

Ihr genügte es, daß sie damit umgehen durfte. Habgier war ihr fremd.

Als sie eine Smaragdkette anlegte, klingelte das Telefon.

„Juwelier Funkelstein, Paula Söckl am Apparat. Guten Tag."

„Kriminaldezernat vier. Augenblick! Ich übergebe an Kommissar Bringmann."

Paula behielt den Hörer am Ohr, lächelte abermals ihr Spiegelbild an und strich über die Smaragde.

„Bringmann." Die Stimme klang jung und sympathisch. „Mit wem spreche ich?"

„Paula Söckl. Ich leite die Funkelstein-Filiale Sandgasse."

„Aha. Es geht darum, Frau Söckl: Heute bieten wir Ihnen einen kostenlosen Service (*Kundendienst*) der Polizei." Er lachte. „Sie haben sicherlich schon von Hans-Joachim Siebenschläfer gehört? Nein? Manchmal nennt er sich auch anders. Naja, wenn Ihnen der Name kein Begriff ist. Kurz gesagt: Siebenschläfer ist Spezialist für Juwelen. Aber bezahlt hat er sie noch nie. Er raubt. Wie wir wissen, hält er sich zur Zeit in der Stadt auf."

„Da wird er bei uns kein Glück haben, Herr Kommissar. Unsere Alarmanlage hat viele Auslöserknöpfe. Die sind versteckt angebracht. Ich muß acht geben, daß ich sie nicht aus Versehen berühre. Und alle wertvollen Schmuckstücke befinden sich in einbruchsicheren Vitrinen."

„Trotzdem ist Vorsicht geboten. Siebenschläfer gehört zwar nicht zu den Gewalttätern, hat aber Tricks im Ärmel wie kein anderer. Achten Sie auf einen schlanken, irgendwie südländischen Typ mit auffallend engstehenden Augen und einer kreuzförmigen Narbe auf der linken Wange. Er. . . "

„Ungefähr 40 Jahre alt?" fiel ihm Paula ins Wort.

„Das ist er. Woher kennen Sie ihn?"

„Vor etwa anderthalb Stunden war er hier." Hastig nahm sie mit einer Hand die Smaragdkette ab. „Er zeigte sich sachverständig, will nachher wiederkommen und eine größere Summe in Diamantschmuck anlegen."

„Lassen Sie ihn − um Himmels willen! − nicht rein. In zehn Minuten, Frau Söckl, bin ich bei Ihnen."

★

Locke stocherte in ihrem Salat. Er schmeckte nicht so, wie sie das vom Stammlokal der Rehms, den DREI MOHREN, gewohnt war. Toms Pizza ließ auf sich warten. Vielleicht mußten die MEERESFRÜCHTE erst noch gepflückt werden. Ehrenhorn aber sprach seinem Wein zu. Es sah aus, als steuere er die zweite Flasche an — bald.

Der Chianti (*italienischer Rotwein*) lockerte seine Manieren — er hatte die Jacke abgelegt, die Krawatte hing auf Halbmast — und auch die Zunge.

Momentan erzählte er von seinem Duz-Freund Heinz Söckl.

„. . . ein anständiger Kerl, das könnt ihr glauben. Aber leider vertrottelt. Und dann hat das Schicksal ihm eine verpaßt. Seitdem läuft er rum wie ein halber Mensch. Die andere Hälfte steckt in der Schnapsflasche", er schenkte sich Wein nach, „muß wohl so sein. Sonst könnte er sein Schuldgefühl nicht ertragen."

„Woran ist er denn schuld?" fragte Locke etwas undeutlich. Ihr lag eine Scheibe matschiger Tomate auf der Zunge.

„Am Tod seiner Frau."

„Oh."

„Direkt nicht. Aber er gibt sich die Schuld."

Die beiden blickten fragend, aber Ehrenhorn trank erst sein Glas leer.

„Die Sache war so. Gudrun, seine Frau, konnte zwar Auto fahren, hatte aber keinen Führerschein. Sie war nämlich nachtblind. In der Dunkelheit sah sie rein gar nichts. Sowas gibt's. An einem Septembertag vor zwei Jahren waren sie bei Bekannten in Rollsfelden. Weite Strecke bis dorthin. Zum Abendessen waren sie eingeladen, und daß anschließend hart getrunken wurde, versteht sich von selbst. Von Paula, der Tochter der beiden, weiß ich: Gudrun bat ihren Mann inständig, nicht zuviel zu trinken. Aber er hat schon immer gern einen gekümmelt, und zum Schluß war er sternhagelvoll. Ein Taxi war nicht zu kriegen. Außerdem wollte er das nicht. Betrunkene haben ja manchmal einen Dickkopf wie zehn Elefanten. Auch der Gastgeber konnte nicht einspringen. Der lallte selbst, was aber in seinem Fall nicht so

65

schlimm war, denn er brauchte nur noch ins Bett zu fallen. Gudrun trank nie, höchstens mal ein Glas Bowle (*kaltes Sommergetränk aus Früchten und Wein*). Also mußte sie fahren. Heinz lag auf dem Rücksitz und schnarchte. Der Wagen kam von der Straße ab. Weshalb — das wurde nie geklärt. Er überschlug sich mehrmals. Bei Heinz bewahrheitete sich, daß Betrunkene manchmal einen Schutzengel haben. Er blieb nahezu unverletzt. Aber Gudrun war tot. Genickbruch."

„Schrecklich!" Locke empfand Mitleid für Söckl. Es mußte unerträglich sein, mit diesem Schuldgefühl zu leben.

Ehrenhorn ließ Wein über die Zunge rollen und schmatzte dann.

„Jaja, so kann's zugehen. Beruflich hat ihm das natürlich geschadet. Er ist abgestempelt. Und seit er trinkt — naja, dort in Erpendorf wird er wohl bis ans Ende seiner Tage bleiben. Eine Beförderung ist nicht mehr drin, soweit ich das beurteilen kann. Er versauert dort, und so will er's haben. Das heißt, er will gar nichts mehr. Ihm ist alles egal. Wer seelisch so abgeschnallt hat, bei dem ist natürlich alles möglich. Allerdings — ein Verbrechen? Nein! Nicht Heinz!"

Franco brachte Toms Pizza. Sie war etwas verbrannt. Entweder hatte der Koch heute einen schlechten Tag oder die Küche hielt nicht, was das Ambiente (*Umgebung*) versprach.

„Wir kennen Paula Söckl", sagte Tom.

„Tatsächlich?" Der Makler hatte seine Flasche geleert und bedeutete Franco, die zweite zu bringen.

„Ob sie schon weiß", Tom sprach zu Locke, „wie es um ihren Vater steht? Daß er vielleicht verdächtigt wird — von seinen Kollegen. Man darf doch annehmen, daß auch die bis drei zählen können."

„Er war's nicht, Tom. Was sollte er mit 80.000 Mark?"

„Aber!" Ehrenhorn blökte, daß drei Tische entfernt Gäste aufblickten. „Die kann doch jeder gebrauchen. Und sei's,

Heinz hat die Mitgift (*Aussteuer*) für Paula noch nicht zusammen. Falls die mal heiratet."

„So ganz überzeugt sind Sie wohl doch nicht von Söckls Unschuld?" fragte Locke.

„Doch. Ich meine nur, 80.000. . . eh. . . , die nimmt doch jeder, wenn er sie — ja, schenk ein, Franco! gleich voll das Glas! — nimmt jeder, wenn er sie kriegen kann."

Die drei sahen zu, wie der Italiener das Glas füllte. Ein Weintropfen lief über die Staniolmanschette am Flaschenhals und durfte zum Etikett hinab kullern.

„Wer wohl hinter dem Anruf steckt?" Ehrenhorn schnupperte am Glas. „Bestimmt ist das jemand aus dem Dorf. Einer will ihm was auswischen. So eine Roheit!"

Locke lehnte sich zurück und sah Tom an. Sein kräftiger Kiefer zermahlte den harten Boden der Mafia-Torte. Aber er kaute vorsichtig. als erwarte er, auf Steine zu beißen oder zumindest auf Panzerteile der Krebstiere, die immerhin andeutungsweise vorhanden waren, damit das Gericht seinen Namen — Pizza mit Meeresfrüchten — verdiente.

„Der Anrufer", sagte Locke, „muß erstens Söckl kennen, zweitens gewußt haben, daß dessen Tochter gerade zur Stadt gefahren war, und drittens muß er auf Söckl wütend sein."

„Sage ich's doch!" nickte Ehrenhorn. „Es war jemand aus dem Dorf. Nur ein Dorfbewohner kommt in Frage."

★

Es dauerte etwas länger. Aber das wunderte Paula nicht. ‚*In zehn Minuten bin ich bei Ihnen.*' Das ist eine Redensart, die Kürze ausdrückt, aber nicht wörtlich zu nehmen ist.

Paula sah durch die Glastür, wie ein Wagen an der Bordsteinkante hielt. Am Lenkrad saß ein sportlicher Typ. Kommissar Bringmann? Jetzt schien er einen günstigeren Parkplatz zu entdecken —in den langen Reihen der Fahrzeuge, die zu beiden Seiten der Sandgasse parkten. Der Wagen fuhr weiter.

Wenig später stand der Mann vor der Tür. Er trug einen eleganten Sommeranzug, hielt seinen Ausweis gegen das Glas und lächelte.

Die Tür war noch verschlossen. Paula öffnete. Und sie bedauerte, daß sie jetzt nur ihren eigenen Schmuck trug. Jede Frau wäre durch die Smaragdkette schöner geworden.

Bewundernd sah er sie an.

„Bringmann, stellte er sich vor, „Sie sind Frau. . . eh. . . Fräulein Söckl?"

Lächelnd nickte sie.

„Dieser Siebenschläfer ist mir rätselhaft. Wie kann ein Mann nur im Traum daran denken, eine Frau wie Sie zu berauben! Der Kerl wird mir immer unsympathischer, obwohl ich als Polizist persönliche Gefühle aus dem Spiel lassen sollte."

„Berauben?" Sie schüttelte den Kopf. „Hier wird er sich die Zähne ausbeißen."

„Wirklich?"

„Alle Schmuckstücke sind in den beiden Vitrinen. Er kann sie betrachten. Aber wenn er sie in die Hand nehmen will, rufe ich in unserer Zentrale an. Minuten später sind dann zwei Hausdetektive hier. Dafür haben die meisten Kunden Verständnis. Was dort liegt, kostet immerhin einige Millionen."

Bringmann sah sich um, nickte und schien zufrieden.

Ihr fiel auf, daß er hinkte. Er schleppte das linke Bein etwas mühsam, allerdings nur, wenn sich schnell bewegte. Das Knie schien steif zu sein. Ansonsten sah er gut aus: mit vergißmeinnicht-blauen Augen und dem Kopf voller Krause, dunkelblonder Krause. Er war dieser Typ, der das jungenhafte Aussehen nie verliert, selbst als Großvater nicht.

„Aber wenn er Sie zwingt, die Vitrinen zu öffnen", sagte er jetzt.

„Das wäre so, als würde ich Alarm auslösen." Sie strich eine blonde Welle zurück. „Die Schlösser sind kompliziert. Sie enthalten eine zusätzliche Sicherung. Nicht mal Ihnen darf ich verraten, wie das funktioniert. Ich kann zwar verhindern, daß in der Zentrale das rote Licht aufblinkt. Aber wenn ich gezwungen werde, die Vitrinen zu öffnen – dann würde ich natürlich Alarm auslösen. Ohne daß der Räuber was merkt!"

Bringmann nickte. „In Gegenwart Ihrer Detektive versucht der Gauner nichts. Wie ich schon sagte: Er hat's nicht mit der Gewalt. Aber wir können den Kerl überführen, Fräulein Söckl. Gemeinsam können wir das. Verstehen Sie? Auf frischer Tat ist er dann ertappt."

Der Blick seiner Blauaugen ließ sie nicht los. Sie überlegte, ob er wohl verheiratet sei. Er trug keinen Trauring.

„Würden Sie mir einen Gefallen tun?" fragte er.

„Gern. Wenn ich kann."

„Helfen Sie mir, dem Kerl Handschellen anzulegen."

„Wie soll ich dabei helfen?"

„Ich übernehme die Verantwortung für alles. Und ich weiß, was ich sage. Dort in dem Büro könnte ich mich verstecken. Und Sie – Sie öffnen die Vitrinen, wenn Siebenschläfer darum bittet."

Paula zögerte.

„Sie können sich auf mich verlassen." Er lächelte.

„Hm. Ja, ich glaube, Sie werden mit ihm fertig. Sind Sie bewaffnet?"

Er öffnete sein Jackett und zeigte ihr die Dienstpistole.

Das Gespräch tröpfelte nur noch. Tom blieb sich treu: Wen er nicht leiden konnte, mit dem redete er nicht. Ehrenhorn – den konnte er nicht leiden. Wozu also Worte verschwenden?

Locke hatte erfahren, was sie wissen wollte. Jetzt langweilte er sie, der feiste Makler.

Weniger langweilig ging es freilich in der Küche zu. Dort entbrannte Streit.

Locke saß so, daß sie über vier, fünf Tische und die Ausschanktheke hinweg in die Küche sehen konnte. Der Blick durch die Durchreiche bot zwar nur einen Ausschnitt. Aber der wütende Koch trat immer wieder ins Bild: ein blonder, grobschlächtiger Mensch, dem die Zigarette im Mundwinkel hing. Sogar bei der Küchenarbeit!

„An mir bleibt es hängen", raunzte er. „An mir, an mir, an mir! Verdammt nochmal! Soll er sich seine Spaghetti an die Ohren hängen."

„Reg dich nicht auf, Schloti", sagte eine Frau. Sie wurde verdeckt von der Wand, trat aber jetzt zu Schloti — vielleicht wurde er so genannt, weil er wie ein Schlot rauchte — und legte ihm die Hand auf den Arm.

Das scheint er zu mögen, stellte Locke fest. Jedenfalls grinste er auf die Frau hinunter. Er war groß, sie klein.

„Eigentlich rege ich mich nur deinetwegen auf", sagte er. „Weil er hinter dir her ist, Helene."

Helene sah verführerisch aus: mit roten Löckchen und frechen Augen. Sie war stark geschminkt und trug was Hellgrünes. Jedenfalls bis zu den Hüften.

„Ach, Schloti, du weißt doch — ich mag euch beide."

Ist ja spannend, dachte Locke. Aber wer ist der andere?

Bis auf sie, Tom und Ehrenhorn war das Restaurant leer. Hielt Schloti es deshalb für unnötig, die Stimme zu dämpfen?

Ehrenhorn trank seinen Wein und schien nichts zu hören. Er starrte ins Leere. Allerdings — auf seiner Stirn hatten sich zwei Falten gebildet.

Zwei! dachte Locke. Trotzdem sieht er einfältig aus.

Die beiden Kellner beschäftigten sich damit, Gedecke auf die Tische zu legen. Daß Schloti schimpfte, ließ sie kalt.

Aber jetzt tauchte Franco im Hintergrund auf. Vielleicht war er in den Privaträumen gewesen, oder auf der Toilette.

Er blieb bei den Kellnern stehen. Den Kleinen, der ein zernarbtes Gesicht hatte, redete er mit Toffy an. Toffy solle nachher Tisch 13 bis 22 übernehmen. Der andere hieß Ewald und war ein klotziger Typ mit großen Füßen. Er wurde für den Dienst an den übrigen Tischen eingeteilt, also wohl an Nr. 1 bis 12.

Mit einem Blick zu dem Metallschild stellte Locke fest, daß sie an Tisch 7 saßen.

Dann ging Franco zur Theke.

„Helene!" forderte er halblaut. „Mach uns einen Drink!"

„Helene bleibt hier", sagte Schloti. „Wir wollen was besprechen."

„Helene, mach mir einen Drink!" beharrte Franco. In seiner Stimme lag Schärfe.

Schloti kam zur Durchreiche. „Mach ihn dir selber, Mann! Und häng dir Spaghetti auf die Ohren. Damit man dich nicht mit 'nem Gorilla verwechselt."

Donnerwetter! dachte Locke. Springt der mit seinem Chef um! Und das vor uns Gästen. Scheint ja ein komischer Laden zu sein.

„Geh an deine Töpfe!" zischte Franco durch die Zähne. „Und koch was Genießbares! Versuch's wenigstens."

„Sag das nochmal — und ich schlitze dich auf, du Kanake."

Locke sah Tom an. Faßt du das? hieß der Blick. Auch Tom machte Stielaugen.

In diesem Moment hob ein anderer die Stimme.

„Jetzt reicht's mir!" brüllte Ehrenhorn. „Wo sind wir denn hier? In der Gosse? Ich bin Gast. Zahlender Gast. Und solange ich hier bin, verlange ich, daß man darauf Rücksicht nimmt. Tragt euren Streit sonstwann aus."

Stille.

Toffy und Ewald hatten sich umgedreht. Sie blickten erschreckt.

Schloti tauchte hinter die Wand und war nicht mehr zu sehen.

Helene kam aus der Küche, trat hinter die Theke und sagte mit melodischer Stimme: „Entschuldigen Sie, Herr Ehrenhorn! Sie haben völlig recht. Es ist unmöglich, wie sich diese Mannsbilder benehmen. Vielleicht liegt es an der Hitze. Bei Schloti in der Küche ist es immer zu heiß, und Franco hat ein hitziges Temperament. Nicht wahr, Franco?"

Der lächelte. In Ehrenhorns Richtung sagte er: „Tut mir leid. Sie waren so still − ich hatte für einen Moment vergessen, daß Sie noch da sind."

Der Makler brummelte was. Es klang versöhnlich. Er schenkte sich Wein nach und würde vermutlich noch eine dritte Flasche trinken.

Locke stand auf.

„Wir müssen gehen, Herr Ehrenhorn. Es ist schon halb sechs. Vielen Dank für die Einladung."

Auch Tom bedankte sich. Der Makler gab beiden die Hand, ohne sie anzusehen. In seinen Glitzeraugen lag ein seltsamer Ausdruck.

Tücke! dachte Locke, als sie mit Tom hinausging. Ja, er sieht jetzt irgendwie tückisch aus. Tückisch und wütend.

★

Siebenschläfer kam gegen 17.20 Uhr.

Er trug einen Aktenkoffer bei sich und behielt ihn fest in der Hand. Das sollte wohl bedeuten: Da ist viel Geld drin − die angekündigte, größere Summe.

Paula spürte, wie ihre Hände feucht wurden. Tapfer kämpfte sie gegen die Aufregung an. Kaum, daß sie reden konnte.

„Da bin ich wieder."

Das Blut pulste in seiner kreuzförmigen Narbe auf der Wange. Die engstehenden Augen blickten kühl, belauerten sie. Nur sein Grinsen milderte das. Er sah tatsächlich südländisch aus, aber wie einer von der miesen Sorte. Eleganz sollte

73

ihn aufwerten. Was er trug, war teuer und sicherlich maßge-
schneidert. Gleichwohl — an ihm wirkte es wie Talmi
(*Unechtes*).

„Freut mich!" Paula stotterte fast. Aber er merkte nichts.

Er deutete auf eine der Vitrinen.

„Die Kollektion interessiert mich."

„Eine unserer schönsten. . . "

„Kann ich sie mal aus der Nähe sehen?"

Es widerstrebte ihr. Aber sie wußte Kommissar Bringmann hinter sich.

Sie öffnete die Vitrine und nahm die Tabletts mit den
Schmuckstücken heraus.

Auch die Diamanten aus der zweiten Vitrine wollte er un-
tersuchen.

Was jetzt auf dem Tresen lag, kostete. . . Paula rechnete
siebenstellig. Ein astronomischer Wert!

Hans-Joachim Siebenschläfer zog eine Lupe aus der Tasche. Konzentriert beugte er sich über Juwelen und
Schmuckstücke.

Über seine Schulter sah Paula zur Bürotür. Sie war spaltweit geöffnet. Bringmann nickte ihr zu. Aber Paulas Kehle
war pelzig, und das Herz hämmerte wild.

Hoffentlich, dachte sie, geht alles gut. Bringmann hätte
nicht allein kommen dürfen.

„Ich nehme alles", sagte Siebenschläfer.

Er öffnete seinen Aktenkoffer. Der war leer. Ohne auf Paula zu achten, schüttete er hinein, was auf den Tabletts lag.

Aus dem Mundwinkel sagte er: „Geh zart mit ihr um, Martin. Sie ist ein netter Typ, und sie fliegt auf dich."

Bringmann kam aus dem Büro. Lächelnd hob er die Hände, als wollte er sich entschuldigen.

Rasch trat er zur Tür. Er schloß von innen ab. Leider steckte der Schlüssel noch. Dann zog er den blauen Samtvorhang
zu, der — nach Feierabend — gegen neugierige Blicke schützen sollte.

„Sie rühren sich bitte nicht von der Stelle, Fräulein Söckl."
Bringmann — oder wie auch immer er heißen mochte — lächelte verbindlich. „Wegen der versteckten Alarmknöpfe, Sie wissen. Was hier läuft, haben Sie wohl inzwischen begriffen. Es geht eben auch ohne Gewalt. Zur Polizei gehöre ich nicht. Und mein Dienstausweis ist, im Vertrauen, eine ziemlich plumpe Fälschung. Leider muß ich Sie jetzt fesseln. Seien Sie vernünftig, dann geschieht Ihnen nichts."

„Nein!"

Die Lähmung wich von ihr. Sie begann zu zittern.

„Wenn sie hysterisch (*überdreht*) wird", sagte Siebenschläfer, „ziehen wir die Samthandschuhe aus. Dann kriegt sie eins auf den Scheitel."

Ein brutaler Zug trat in seine Visage. Diesem Kerl glaubte man, daß er Frauen schlug.

„Ist nicht nötig, Henry. Sie ist ein gutes Kind. Sie spielt nicht verrückt. Bei ihrem Gehalt ist das nicht drin. Nicht wahr, Paula? Kommen Sie!"

Paula ließ es zu, daß er ihren Arm faßte und sie ins Büro führte.

Sie mußte sich auf den Boden legen. Er zog Lederriemen aus der Tasche. Geschickt fesselte er ihr Hände und Füße. Suchend sah er sich um. Ihre Handtasche stand auf dem Schreibtisch. Er nahm das frisch gebügelte Taschentuch heraus, drehte einen Knebel und schob ihn Paula in den Mund. Gewaltsam. Es tat weh.

„Das war's, schönes Kind. Sie müssen zugeben, wir sind tüchtig. Vielleicht wird Ihnen die Nacht etwas lang. Aber auch die vergeht, und morgen früh wird man Sie finden. Und noch was! Beschreiben Sie uns nicht zu genau, auch wenn die Bullen darum bitten. Könnte ja sein, wir sehen uns mal wieder."

Er ging hinaus. Paula zitterte am ganzen Körper. Sie hörte, wie die beiden das Geschäft verließen. Die Tür wurde abgeschlossen. Dann umgab sie Stille.

75

Paulas Finger starben ab. Die Fessel war eng. Das Blut staute, konnte nicht mehr kreisen. Sie wollte die Hände zum Mund heben, um sich des Knebels zu entledigen. Es ging nicht. Erst jetzt merkte sie: ein Riemen, straff gespannt, führte von den Händen zu den Füßen.

Panik überfiel sie. Sofort verstärkte sich das würgende Gefühl im Hals.

Hilfe! Ich ersticke! Sie hörte ihr Stöhnen.

Mit der Zunge versuchte sie, den Knebel hinauszustoßen. Es war unmöglich. Er saß zu weit hinten im Hals. Kälte kroch in ihr hoch.

Zu wenig Luft! dachte sie. Ich kann nicht ausreichend atmen. Unmöglich, das stundenlang auszuhalten. Ich werde ersticken, langsam ersticken. O Gott!

„War das nichts?" sagte Locke. Sie strich über den Lenker ihres Mofarollers. „Mein matschiger Salat, deine verbrannte Pizza. Keine Milch, dafür aber einen Blick hinter die Kulissen. Jedenfalls wissen wir jetzt, wie im Franco das Personal mit dem Chef umspringt. Wie die sich anmotzen, diese Geier. Aber unser Schleimer hat ihnen gezeigt, was ein zahlender Gast ist. Jawohl."

Tom kniff das grüne Auge zu, das rechte, und legte den gestreckten Finger an die Nase. Er dachte nach.

„Vielleicht, Locke, ist dieser Franco gar nicht der Chef."

„Aha. Du meinst, der Laden ist lediglich nach ihm benannt."

„Naja, sie hätten es auch Roma nennen können. Oder blaue Adria. Oder Lago die Garda. Jedenfalls nicht Helene oder Schloti. Nee, Locke. Franco ist einer von vielen, aber nicht der Chef."

„Du könntest recht haben. Denn der Chef ist im allgemeinen der, der auch die schärfste Lippe riskiert."

„Du sagst es." Lachend entblößte er zwei Reihen kräftiger Zähne. „Und wer hat die schärfste Lippe riskiert?"

Sie bückte sich etwas, um im Rückspiegel zu prüfen, ob der große Strohhut richtig saß.

„Unsinn, Tom! Wieso sollte Ehrenhorn der Chef sein? Das heißt. . . Moment mal! Engelbert, du bist ja gar nicht so dumm! Wer behauptet das nur immer? Also, wenn. . . "

„Nina Rehm!" unterbrach er sie streng. „Ich bin Schüler der 10. Klasse des Goethe-Gymnasiums und erreiche mit einem Nichts an Arbeit den Schnitt von 1,7. Ist das dumm?"

„Das ist Begabung. Mit Intelligenz hat es nichts zu tun", erklärte sie mit weiblicher Logik. „Nun laß mich weiterreden! Ich will deine nebelhafte Idee ausbauen, sie sozusagen auf solide Füße stellen. Du bist nämlich auf dem richtigen Dampfer, möglicherweise. Und weißt du warum?"

In ihren schwarzen Augen sprühten Funken. Die schmale Nase vibrierte (*beben*). Begeistert und ohne Scham eignete sie sich Toms Idee an.

„Ich weiß es", sagte er ergeben. „Aber du wirst mir gleich erklären, was ich denke."

„Was *ich* denke! Nämlich: Das Franco ist nicht besonders. Es macht nach außen was her. Aber wer dort einmal gegessen hat, weiß Pommes-Buden wieder zu schätzen. Wieso latscht Ehrenhorn dauernd dorthin? Ißt nachmittags Pizza, trinkt vorher seinen Espresso, schlotzt jetzt literweise Wein? Alle kennen ihn. Und wie erschrocken die waren, als er brüllte. Tom, ich wette, ihm, Ehrenhorn, gehört der Laden. Er ist sozusagen der heimliche Chef, oder — wie heißt das? der stille Teilhaber. Der alleinige Teilhaber." Sie atmete tief. „Überzeugt dich das?"

„Es überzeugt mich", nickte er, „zumal mir der Gedanke bereits vorher bekannt war. Im übrigen gibt es keinen alleinigen Teilhaber. Denn dann hat er nicht nur einen Teil, sondern das ganze. Dann ist er Eigentümer."

„Von mir aus. Solche Spitzfindigkeiten ändern nichts an

der Wahrheit. Aber warum sagt er's uns nicht?"

Tom hob die Achseln. „Vielleicht schämt er sich, weil der Koch nicht kochen kann, sondern in der Küche raucht und mit Franco um Helene streitet."

Locke nickte. „Und uns hat er hierher eingeladen, um sich zu rächen. Hintenrum. Rache für den Verdacht. O weh! Ob Salat und Pizza vergiftet waren?"

„Nur mit den üblichen Konservierungsstoffen (*Konservierung = Haltbarmachen*)."

Locke kramte in ihrer Umhängetasche. „Jetzt habe ich doch tatsächlich mein Portemonnaie vergessen."

„Wieviel brauchst du?"

„Nur 20 Pfennig zum Telefonieren. Ich meine nämlich, wir sollten Paula Söckl anrufen und ihr sagen, daß ihr Vater möglicherweise in der Tinte sitzt. Hätten wir längst machen sollen."

Das andere Thema war für sie beendet. Franco und Ehrenhorn interessierten nicht mehr.

„Wahrscheinlich weiß sie's längst", sagte Tom. Er meinte Paula, fischte Münzgeld aus seinem ledernen Brustbeutel und überließ es Locke, das Gespräch zu führen.

Eine Telefonzelle stand auf der anderen Straßenseite — direkt vor einer Schnellreinigung, aus der Hitze flutete wie aus einer Sauna. Die Tür war geöffnet. Locke sah zwei weibliche Angestellte hinter dem Tresen. Sie japsten mit roten Gesichtern. Die Minen verbiesterten, als stinke ihnen der Job, diese Plackerei am Rand eines Hitzschlags.

Locke blätterte im Telefonbuch. Es enthielt noch fast alle Seiten. Sie rief das Funkelstein-Geschäft Markstraße 11 an und erfuhr, Paula Söckl arbeite nicht dort, sondern Sandgasse 5a. Man nannte Locke auch gleich die Nummer.

Tom hatte ihr genügend Münzen gegeben, vorsorglich. Sie wählte, hörte auf das Rufzeichen und wartete. Niemand hob ab. Sie sah auf die Uhr. Geschäftsschluß war noch nicht. Sie ging zu Tom zurück.

„Meldet sich nicht. Wir können ja vorbei fahren. Die Sandgasse — das liegt am Weg, nicht wahr?"

„Wozu eigentlich?"

„Weil Söckl ein hilfloses Würstchen ist. Paula sah so aus,
als hätte sie Schneid. Söckl braucht Hilfe — und wenn's nur
moralische Hilfe ist. Seine Tochter wird ihm beistehen."

„Hm. Na gut! Vielleicht überläßt Paula uns dann Geschmeide zum Vorzugspreis. Das nächste Weihnachten
kommt bestimmt, und ich weiß nie, was ich meiner Mutter
schenken soll."

„Geschmeide? Nicht übel. Ich kaufe für Gunter und Mike
wollne Fäustlinge und behaupte, ich hätte sie selbst ge-
strickt. Das macht Freude."

„Bezaubernd!"

Tom nahm die restlichen Münzen entgegen und verstaute
seinen Brustbeutel unter dem T-Shirt. Dann heulten die Motoren, und das Pärchen rollerte zur Sandgasse.

5. Pfeffer im Po

Lockes Haare wehten, obwohl sich kaum Luft rührte in diesen engen Straßen des Altstadtviertels. Die Krempe ihres Strohhuts wippte, und in den dunklen Augen stand Nachdenklichkeit. Ihr etwas breiter, aber schön geschwungener Mund bewegte sich wie im lautlosen Selbstgespräch. Offensichtlich wälzten sich Gedanken hinter Ponyfransen und Stirn.

Tom, der mal neben ihr fuhr, mal voran rollerte, dachte: Sie wird jeden Tag hübscher. Einfach zum Anbeißen! Wer da nicht Appetit kriegt. Ich glaube, ich würde alles riskieren, damit sie mir treu bleibt.

„Denkst du nach?" fragte er.

„Ich denke immer", belehrt sie ihn. „Sogar, wenn ich döse. Meine Gehirnzellen haben Pfeffer im Po."

Das machte ihn sprachlos.

Doch Locke fuhr fort: „Vorhin haben wir überlegt, ob die Terror-Bande dahintersteckt. Weil die doch alles durchs Telefon anleiert. Aber ich glaube, es kann nicht sein. Wir waren zu wenig Mitwisser."

„Es sei denn, einer von uns gehört zur Terror-Bande", lachte Tom. „Ich wasche meine Hände in Unschuld. Und Söckl und Ehrenhorn mangelt es — wie sagt man? — an krimineller Energie. Aber du kannst so perfekt mit dem Telefon umgehen, daß ich mich tatsächlich frage . . . Auuuhhh!" jodelte er.

Mit Daumen und Zeigefinger kniff sie in seinen Oberarm. Es hätte kaum gereicht, um eine Mücke zu zerquetschen. Aber Tom führte sich auf, als säße er — mit unten ohne — auf einem beheizten Gartengrill. Wie vom Affen gebissen, hopste er auf seinem Roller herum, warf abwechselnd die Beine über den Lenker und die Arme in die Luft. Es war eine Zirkusnummer. Passanten blieben stehen, lachten oder schüttelten mißbilligend die verkalkten Köpfe. Eine Polizei-

Hostess, die den Falsch- und Zu-lange-Parkern Strafzettel ansteckte — nämlich hinter die Scheibenwischer — drohte mit ihrem Block.

„Ich kann auch Handstand bei Tempo 60", rief er ihr zu — und bog um die Ecke.

Nach ihrem Zwickangriff hatte Locke erschrocken gebremst. Jetzt holte sie auf.

„Aber sonst geht's dir gut?"

„War nur ein Anfall."

„Hast du das öfter?"

„Jeden Tag — kurz vor sechs."

„Geh mal zum Tierarzt."

„War ich schon. Es hängt mit meinen Gehirnzellen zusammen. Sie haben Pfeffer im Po."

Locke lächelte. „Diese Rollerakrobatik kannst du aber nur in 'ner Einbahnstraße abziehen. Wo sind wir den hier?"

„Auch in 'ner Einbahnstraße. Aber wir kommen aus der falschen Richtung."

„Huch! Dann aber schnell."

Auf dem letzten Stück kam Gegenverkehr. Geschmeidig wichen die beiden auf den Gehsteig aus, wo niemand ging.

Bei der nächsten Ecke scharf rechts — und sie fädelten sich, vorschriftsmäßig, in die Sandgasse ein.

Sie hieß Sandgasse. Aber den Sand hatte man mit Asphalt zugedeckt, vermutlich vor einem halben Jahrhundert. Eine Umbenennung hielt niemand für nötig. Und die schmalen, ehrwürdigen Häuser lehnten sich bequem aneinander. Die Gasse war länger als manche Straße und krümmte sich stark. Geschäft reihte sich an Geschäft. Aber es gab keine Supermärkte, keine Tante-Emma-Läden und keinen Schnellimbiß. Hier kaufte man wertvolles Porzellan, antike Möbel, Kunstdrucke, seltene Geschenke; oder man ließ maßnehmen in den beiden renommierten (*angesehen*) Schneiderateliers.

„Hier ist Nummer 81", rief Locke. „Dann liegt 5a am anderen Ende."

„Wir sind am falschen Ende."

„Besser dieses Ende als gar kein Ende."

„Aufgepaßt!" rief er.

Aber für Locke, die vor ihm fuhr, kam die Warnung zu spät.

Ein parkender Wagen scherte plötzlich aus der Reihe — ohne zu blinken, ohne daß der Fahrer nach hinten sah.

Mit der Stoßstange — vorn links — erwischte er Lockes Hinterrad. Der Wagen stupste nur an, denn der Fahrer stieg sofort auf die Bremse. Aber Lockes Roller schlingerte wie ein abstürzender Jumbo. Sie kippte.

Ein weniger gewandtes Geschöpf hätte mindestens ein Bein unter dem Roller begraben. Aber Locke hielt sich fit und geschmeidig — mit täglichen Yoga-Übungen. Sie reagierte wie eine Katze und sprang vom Roller, klugerweise nach rechts, wo sie gegen den nächsten, parkenden Wagen prallte, was aber ohne Verletzung abging, lediglich daß sie mit dem Knie ans Metallicblech klopfte, ein erträglicher Schmerz.

Ihr Roller freilich lag auf der Seite und drehte sinnlos die Räder in der Luft. Stotternd gab der Motor seinen Geist auf.

Der Wagen hielt, halb noch auf der Parktasche.

Schreckensbleich drehte Locke sich um.

„Tom, nicht!"

Die Warnung war angebracht.

Tom sah rot. Jemand hatte Locke gefährdet — ein idiotischer Kfz-Lenker, Trunkenbold, Penner oder Rowdy. Er hatte Locke gefährdet! Toms Schläfenadern schwollen. Tausend Ameisen juckten in seinen Karate-Fäusten. Und daß er eine Seele besaß, wußte er — trotz Lockes Zweifel — jetzt hundertprozentig, denn sie schrie nach Vergeltung.

Sein Roller blockierte dem Wagen die Ausfahrt. Tom stand bereits neben seinem Gefährt und zog es auf die Raststütze. Dann riß er bei dem Wagen die Fahrertür auf.

„Sind Sie wahnsinnig?" schrie er den Mann hinterm Lenk-

83

rad an. „Wo haben Sie Ihre Augen? Beinahe hätten Sie meine Freundin überfahren. Sehen Sie's! Sie ist gestürzt. Daß sie nicht unter dem Roller liegt, ist reiner Zufall."

Zwei Männer saßen im Wagen.

Der Fahrer war ein südländischer Typ mit engstehenden Augen. Die kreuzförmige Narbe auf der Wange sah aus wie

aufgeklebt. Der andere, ein jungenhafter Typ, hatte blaue Strahleraugen und eine dunkelblonde Haarkrause.

Sie kniffen die Lippen schmal. Der mit den Vergißmeinnicht-Augen schoß Blicke hin und her — wie ein Tier in der Falle. Der andere zischte über die Zähne. Zwischen den beiden — auf der Handbremse — stand ein Aktenkoffer.

„Nun reg dich nicht auf", sagte Narbengesicht. „Ist ja nichts passiert."

„Stellen Sie den Motor ab", sagte Tom. „Oder erwägen Sie Fahrerflucht? Aber dann müssen Sie an mir vorbei. Und das schaffen Sie nicht — nicht mal mit 'nem Panzer!"

„Wer redet denn von Fahrerflucht", sagte Blauauge. „Wir werden uns doch einigen."

Tom ließ eine Hand auf der Wagentür und drehte sich zu seiner Freundin.

„Bist du verletzt, Locke?"

„Ich glaube nicht."

Ihre Sorge galt dem Strohhut, dem freilich der Sprung nicht geschadet hatte. Er saß auf ihrem Kopf, ohne den Sitz zu verändern.

Schaudernd fragte sie sich in diesem Moment, ob der geliebte Kopfputz auch wirklich das Richtige war — zum Rollerfahren! Sicherlich, ein Sturzhelm war nicht so kleidsam. Aber er schützte. Freilich nur wenn sie ihn trug. Jetzt lag er zu Hause — wie auch Toms „Unfallmelone" mit den gehirnfreundlichen Knautschzonen.

„Aber dein Roller ist beschädigt." Tom ließ die Tür nicht los. Er spürte, daß die beiden Kerle wie auf Kohlen saßen. Der Fahrer schwitzte vor Aufregung.

Locke stellte ihr ‚Hirschkalb' auf die Räder und beäugte Blech, Sattel und Lenker. Sie entdeckte eine Beule und zwei Kratzer.

„Er hat was abgekriegt, ist aber fahrbereit."

„Na also!" röhrte der Fahrer.

„Waaas also?" fauchte Tom ihn an. „Der Roller ist beschädigt. Hinzu kommt der Schreck. Das kostet Schmerzensgeld. Nicht wahr, Locke? Wo tut's weh?"

„Am Knie."

„Am Knie. Also, Reparatur, Schmerzensgeld und eine Anzeige wegen Verkehrsgefährdung. Stellen Sie jetzt den Motor ab, oder soll ich das machen?"

Der Fahrer knirschte mit den Zähnen. Seine Antwort hätte Tom wieder auf 100 gebracht. Aber Blauauge griff begütigend ein.

„Der junge Mann hat recht, Henry. Es war dein Fehler. Dafür müssen wir geradestehen." Er beugte sich vor, schaltete den Motor aus und zog den Zündschlüssel ab. „Aber", wandte er sich an Tom, „sicherlich finden wir einen gemeinsamen Nenner, ohne Aufruhr zu machen." Er zog ein dickes Bündel Geld aus der Brusttasche. „Wieviel?"

Tom schüttelte den Kopf. „Also, so geht's nicht. Woher sollen wir wissen, was die Reparatur kostet? Und wieviel Schmerzensgeld meiner Freundin zusteht? Nein, wir werden jetzt Ihre Adressen notieren. Später gehen Ihnen die Rechnungen zu."

„Dann muß das auf Treu und Glauben geschehen", sagte Blauauge rasch. „Ich kann mich nämlich nicht ausweisen. Habe keine Brieftasche mit. Du?" fragte er Henry.

Der schüttelte den Kopf. „Hab nur etwas Geld in der Tasche."

Toms Blick glitt über die Sommerjacketts. Na schön, vielleicht waren das keine Brieftaschen, die sich unter dem Stoff abzeichneten — vielleicht waren es Tabakbeutel, Taschenbücher oder Schinkenbrote als Wegzehrung. Aber höchstwahrscheinlich waren es Brieftaschen. Der Vorschlag roch nach Betrug.

„Auf Treu und Glauben geht nichts."

„Junge, bist du ein Dickschädel. Du kannst doch unser Kfz-Kennzeichen notieren."

„Wozu die Umstände? Wir holen die Polizei. Dann ist auch die Schuldfrage eindeutig geklärt."

„Also gut!" Henry, der Fahrer, lenkte überraschend ein. „Ich wohne in der Nähe. Ich habe Telefon. Ich rufe an. Laß mich mal raus."

Tom trat zur Seite.

Der Mann strich vorsichtig über seine Narbe, stieg aus,

nahm den Aktenkoffer, beugte sich in den Wagen und zischelte dem andern was zu.

„So oder so", verstand Tom, „das feiern wir nachher. . . . hm-hm-hm-. . . im. . . Drink."

Blauauge grinste.

Henry ging eilig die Straße hinunter, den Aktenkoffer fest am Griff.

Tom trat zu Locke.

„Du bist wirklich heil?"

„Wirklich."

„Keine innere Verletzung?"

„Tom, ich habe mir doch nur das Knie gestoßen."

„Tut's sehr weh?"

„Jetzt nicht mehr."

„Und auch keine Gehirnerschütterung? Ich meine, vielleicht ist den Gehirnzellen der Pfeffer rausgefallen aus dem. . . "

„Deine Besorgnis ist rührend." Sie lachte, bog ihre Hutkrempe hoch, beugte sich vor und küßte ihn auf die Wange.

Für einen Moment legte er ihr den Arm um die Schultern. Dann spähte er in die Richtung, in die Henry gegangen war. Von ihm war nichts mehr zu sehen.

Sie warteten. Von den wenigen Passanten achtete niemand auf sie. Blauauge war ausgestiegen, lehnte abgewandt am Wagen und rauchte. Zehn Minuten vergingen.

„Ich sehe mal nach, wo er bleibt", sagte Blauauge. „Hoffentlich ist nichts passiert."

„Was meinen Sie damit?" Toms Mißtrauen erwachte.

„Mein Freund hatte vorhin einen Herzanfall. Wir wollten gerade zum Arzt."

„Herzanfall? Und da lassen Sie ihn fahren?"

„Ich habe keinen Führerschein." Er grinste bedeutungsvoll. „Nicht mehr. Erst in einem Jahr kriege ich ihn zurück. Außerdem — Henry war wieder fit. Aber man weiß nie, ob sich so ein Anfall wiederholt."

88

Ist doch 'ne faule Kiste! dachte Tom. Stimmt hinten und vorn nicht.

Der Mann bemerkte sein Zögern.

„Absetzen, junger Mann, werden wir uns bestimmt nicht. Nicht, so lange unser Wagen hier steht. Und damit ihr ganz auf Nummer sicher geht — hier ist der Schlüssel."

Er warf ihn Tom zu, sagte 'hep!' und grinste wie eine Laus im Blutrausch. Tom fing den Schlüssel auf und ließ ihn in die Tasche gleiten. Hurtig folgte Blauauge seinem Freund. Er verschwand unter den Kolonnaden (*Säulengang*), ohne zurückzublicken.

„Gleich halb sieben", sagte Locke. „Und die Sache kann noch dauern. Wenn du hier wartest, laufe ich mal rasch zum Funkelstein-Geschäft."

„Gut. Bist übrigens toll aus dem Sattel gehechtet. Alle Achtung!"

„Naja."

„Doch, doch! Hervorragend. Aber weißt du, was ich glaube?"

Fragend sah sie ihn an.

„Die Kerle legen uns rein. Ich weiß nicht, wie. Aber daß sie verduftet sind, stinkt zum Himmel."

„Sie haben doch ihren Wagen hier. . . Heh, Tom! Vielleicht gehört er ihnen gar nicht! Vielleicht ist er geklaut. Daß sie den Schlüssel hatten, besagt nichts. Es werden ja auch Wagen mit Schlüssel geklaut. Wenn der Eigentümer ihn allein läßt — nur mal für Minuten. Hm?"

„O weh! Ich glaube, du hast recht."

Er zog den Zündschlüssel aus der Tasche. Vorwurfsvoll sah er ihn an. Dann wurde sein Gesicht lang.

„Locke! Ich Hornochse! Das ist kein Zündschlüssel! Das ist der Sicherheitsschlüssel für eine Tür."

Locke betrachtete ihn.

„Hm. Da ich noch nicht Auto fahre, kann ich das nicht beurteilen."

Tom saß schon im Wagen, stocherte vergebens am Zünd-schloß und gab seinem Grimm die Sporen.

„Jetzt ist aber der Bär los. Jetzt fliegt die Kuh! An wen sind wir denn da geraten? Diese Aasgeier! Locke, auf zu Paula! Dort gibt's ein Telefon. Die Polizei muß her!"

★

Um 18.26 Uhr parkten sie ihre Roller vor dem Funkelstein-Geschäft Sandgasse 5a. Es lag etwas zurückgesetzt. Die bei-den Schaufenster waren überdacht. Hinter den Sicherheits-scheiben funkelten und gleisten Pretiosen (*Kostbarkeiten, Schmuck*).

Locke lief zur Tür.

In Goldbuchstaben stand dort, wann geöffnet sei.

„Wir haben Glück, Tom. Bis halb sieben ist offen."

Hineinsehen konnte sie nicht. Ein nachtblauer Samtvor-hang hing hinter dem Glaseinsatz.

„Diese Aasgeier!" knirschte Tom. „Ich war zu human (*menschenfreundlich*)."

Seine Gedanken − finstere Gedanken − beschäftigten sich mit Blauauge und Henry, dem Narbigen. Davon riß er sich erst los, als Locke zum zweiten Mal gegen die Tür drückte.

„Verschlossen! Verstehst du das?"

„Dann war sie auch vorhin schon weg, als du angerufen hast. Wahrscheinlich hat ihr Vater sie verständigt, und sie ist nach Erpendorf gefahren."

„Womit sich unsere Benachrichtigung erübrigt. Aber wir brauchen ein Telefon."

Nebenan, wo ein Antiquitätengeschäft war, schloß der In-haber eben die Ladentür ab − ein vertrockneter Alter mit dürrem Hals und stechendem Blick.

Der, dachte Locke, würde nur Kunden einlassen, zum Te-lefonieren niemanden. Sie sah Tom an. Sein grün-blauer Blick war nach innen gerichtet.

90

„Träumst du?"

Ohne aufzublicken, schüttelte er langsam den Kopf. Seine Hand kam aus der engen Jeanstasche hervor, wobei die Nähte krachten. Zwischen Daumen und Zeigefinger hielt er den Sicherheitsschlüssel.

„Es ist völlig lächerlich, Locke. Ich weiß, ich spinne. Aber mein Augenmaß schätzt auf den Millimeter genau. Nur auf kurze Entfernung, versteht sich. Nun — mich trennt nur eine Armlänge von dieser Tür. Ich sehe das Sicherheitsschloß, und ich sehe diesen Schlüssel."

„Und?"

„Es ist völlig irre. Selbstverständlich haben Schloß und Schlüssel nichts miteinander zu tun. Die kennen sich gar nicht. Wie könnten sie auch! Und mein Augenmaß — hah! Wer wollte da richtig schätzen — auf den Zehntelmillimeter genau? Unmöglich!"

Er schob den Schlüssel zurück in die Tasche.

„Probier's!" sagte Locke.

„Wenn uns jemand beobachtet, denkt der, wir brechen ein."

„Probier's!"

„Ich sehe auch keinen Zusammenhang. Oder sind die beiden Kerle Funkelstein-Angestellte, die mit der Tageskasse durchbrennen wollen? Ist doch lächerlich!"

„Du regst mich auf! Probier's! Oder gib den Schlüssel her!"

„Völlig irre!"

Tom schob den Schlüssel ins Schloß.

„Das kann unmöglich sein."

Er schloß auf.

„Wird sich gleich als Halluzination (*Sinnestäuschung*) erweisen."

Er öffnete die Tür, und sie traten ein.

Locke sah zwei geöffnete Vitrinen aus stabilem Glas. Sie trat näher, bückte sich und betrachtete die Samttabletts. Dann richtete sie sich auf.

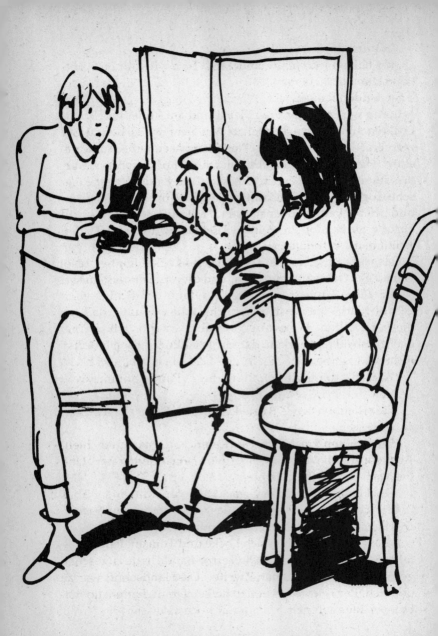

„Warum stöhnst du?"

„Ich habe mich nicht gemuckst." Tom wies auf eine Tür. „Das kam von nebenan."

Sie fanden Paula Söckl.

Die junge Frau war totenbleich und am Ende ihrer Kraft. Locke nahm ihr den Knebel ab. Mit seinem Taschenmesser zerschnitt Tom die Fesseln. Paula rang nach Luft, mußte gestützt werden, konnte aber aufstehen. Locke sorgte dafür, daß sie sich auf die Couch streckte. Tom entdeckte eine Flasche Cognac, goß einen kräftigen Schluck in eine Kaffeetasse und belebte Paulas Lebensgeister. Farbe kehrte in ihr Gesicht zurück. Sie begann zu weinen. Tröstend legte ihr Locke den Arm um die Schultern.

Das waren die beiden Kerle! dachte Locke. Räuber, also! Haben das Geschäft überfallen, und die arme Frau ist fast erstickt. Diese Unverfrorenheit, Tom dann den Schlüssel zu geben! Klar! Weil der Kerl ja nicht ahnen konnte, daß wir hierher wollten. Wegwerfen werden wir ihn, hat der gedacht, sobald wir merken, daß es nicht der Zündschlüssel ist! Aber jetzt kennen wir die Brüder! Das gibt einen Steckbrief!

„Wie. . . kommt ihr denn hierher?" Paulas Stimme wakkelte.

„Sie erkennen uns?" fragte Locke.

„Aber ja."

„Wir wollten zu Ihnen. Um Ihnen. . . was zu erzählen. Aber dann sind wir mit zwei Kerlen aneinandergeraten. Und das war so. . ." Sie berichtete.

„Die beiden Verbrecher", nickte Paula. „Mit einem Trick haben sie mich überlistet und das Geschäft ausgeplündert. Der Schaden. . . es ist nicht auszudenken."

Als sie erzählte, sahen sich Locke und Tom an. Jeder wußte, was der andere dachte. Die Terror-Bande hatte zugeschlagen! Diesmal gab's keinen Zweifel. Die Handschrift war zu deutlich. Per Telefon, über den heißen Draht, hatten die Verbrecher alles geregelt — dann nur noch abkassiert.

Paula trank noch einen Cognac und erholte sich zusehends. Tom hatte inzwischen die Polizei verständigt. Die Funkstreife käme sofort, hieß es.

Locke entschied, daß Paula jetzt von den — vergleichsweise harmlosen — Problemen erfahren könne, die möglicherweise auf ihren Vater zukamen.

„Mein Vater hat diesen Honolke bestimmt nicht beraubt", sagte Paula, nachdem sie alles gehört hatte. „Dazu wäre er nicht fähig. Charakterlich, meine ich. Und Ehrenhorn. . . naja! Was ich von dem halten soll, weiß ich bis heute nicht. Er hat ein Landhaus in Erpendorf. Das schönste Anwesen weit und breit. Vater kennt ihn, wie er nahezu alle im Dorf kennt. Eine Freundschaft ist das nicht."

Die Funkstreife traf ein. Unmittelbar darauf erschienen zwei Kripobeamte. Paula berichtete. Dann waren Locke und Tom an der Reihe. Sofort kümmerten sich die Uniformierten der Funkstreife um den Wagen, der immer noch — leicht schräg — im hinteren Teil der Sandgasse stand. Über Funk wurde im Präsidium nachgefragt. Wenig später stand fest: Es handelte sich um ein gestohlenes Fahrzeug.

Der Eigentümer hieß Jürgen Bollmann. Erst vor einer halben Stunde hatte er den Diebstahl bemerkt. Aus der Garageneinfahrt war der Wagen — ein zweitüriger BMW — gestohlen worden, irgendwann innerhalb der letzten zweieinhalb Stunden. Denn solange hatte Bollmann geschlafen. Daß er den Wagen nicht abschloß und den Zündschlüssel im Schloß ließ, war natürlich grobe Fahrlässigkeit.

„Der jubelt, daß er seinen Untersatz zurückkriegt", sagte der Polizist, der das meldete.

Paula hatte wieder und wieder versucht, ihren Chef zu verständigen, aber Funkelstein war nicht zu Hause.

„Die Schreckensnachricht erreicht ihn früh genug", meinte einer der Kriminalbeamten.

Dann fuhren alle zum Präsidium. Die Protokolle wurden aufgenommen.

Locke und Tom riefen zu Hause an und sagten, sie kämen später, sagten aber noch nicht, warum.

Als sie endlich das Präsidium verließen, legte sich blaue Dämmerung über die Stadt.

6. Die Salami muß weg

Tom brachte Locke nach Hause.

Die Rehms – Locke, ihr Vater Gunter und Bruder Mike – wohnten in einem romantischen Viertel, das von Künstlern bevorzugt wurde – von bekannten Künstlern und solchen, die noch warteten auf Ruhm und Popularität *(Beliebtheit)*. Das kleine Haus – mit Garten, versteht sich – stand in einer Seitenstraße. Die Garage war geöffnet. Der Saab, Gunters Wagen, und Mikes schweres Motorrad waren im Stall.

„Komm mit rein!" sagte Locke. „Wir müssen Gunter berichten. Und er soll uns über die Terror-Bande aufklären."

Locke schloß auf und warf einen Blick auf die Schiefertafel, die hinter der Eingangstür hing. Wer immer von der Familie das Haus verließ, vermerkte dort, wo er hingehe und wann er voraussichtlich zurückkehre. Das hatte sich bewährt, zumal die drei sehr viel unterwegs waren: Gunter durch seinen Beruf und Mike, weil ihm Geschäftigkeit im Blut steckte. Locke freilich schlug alle Rekorde: lag doch immer was an, wo sie die Nase drin hatte. Als Schlüsselkind herrschte sie über ihre Zeit, denn eine Mutter gab's nicht im Hause Rehm.

Madeleine, eine Französin, hatte kein Talent zur Ehe gehabt und sich von Gunter, ihrem Mann, getrennt, als Locke zwei Jahre alt war. Feindschaft bestand deshalb nicht, aber auch kaum noch Kontakt.

Die Schiefertafel war abgewischt, schlampig – wie nur Mike das machte. Keine Mitteilung. Warum auch? Aus der Küche drangen Geräusche. Vater und Sohn saßen dort bei einem frugalen *(bescheidenen)* Imbiß: Mike, der charmante Frauentyp, der seiner Mutter stark ähnelte, und Gunter, der Hausherr: groß, hager und wachsam, bester Freund seiner Kinder und ein toller Journalist.

„Da sind sie", sagte Mike, als sähe Gunter das nicht selbst. „Hallo, Tom!"

„Erst begrüßt man die Dame!" wies Locke ihn zurecht.

„Stimmt. Aber wo ist hier 'ne Dame?" grinste Mike.

Zu ihrem Freund sagte Locke: „Kannst du jetzt verstehen, warum ich ihn hasse? Er behandelt mich noch schlechter als seine Freundinnen. Und die haben den Scheiterhaufen für ihn schon errichtet. Ich werde die Zündhölzer beisteuern."

Alle lachten. Locke nahm ihren Strohhut ab und legte ihn auf den Eisschrank. Inzwischen begrüßte Tom die beiden. In Gunter sah er — mit Recht — seinen künftigen Stiefvater, für den er sich hätte vierteilen lassen, und in Mike den — reichlich drei Jahre älteren — Stiefbruder.

„Setz dich und iß was", sagte Gunter. „Was Mit-Ha auftischt, können wir zwar nicht bieten. Aber diese Riesensalami — sie war einen Meter lang — muß endlich weg. An der essen wir schon über eine Woche."

„Du und ich", nickte Mike. „Unsere Prinzessin sieht zu und amüsiert sich."

Tom grinste, schnitt sich ein knappes halbes Pfund ab und nahm ein Stück Brot dazu.

Locke hatte sich ein großes Glas Milch geholt und zwei Bananen. Sie aß immer sehr wenig. Am liebsten mochte sie Honig, Milch und Obst.

Sie setzte sich zu den drei Männern und stützte, wie sie, die Ellbogen auf.

Gunter kniff seiner Tochter in die Wange.

„Schön braun siehst du aus. Wie das nur möglich ist — bei deinen mächtigen Hüten?"

„Das macht nicht die Sonne, das macht meine gesunde Kost." Sie schwenkte ihre Banane.

„Wenn ich vorhin richtig verstanden habe", sagte Gunter, „kam euer Anruf von der Polizei. Ich nehme an, ihr habt einen Geldbeutel gefunden und ihn dort abgegeben." Das war natürlich Ironie (*versteckter Spott*), ahnte er doch, daß die beiden vermutlich bis zur Nasenspitze in einem ihrer sogenannten Fälle stecken.

„Wenn wir erzählt haben", meinte Locke, „wirst du

sicherlich beim Tagblatt anrufen, damit deine Kollegen die Meldung noch bringen. Bitte, Tom. . . Ach so, du hast den Mund voller Dauerwurst. Dann erzähle ich."

Während sie das tat, schickte Mike mehrmals verzweifelte Blicke zum Himmel, vielmehr zur Zimmerdecke. Er liebte die Schau und tat seinen Gefühlen keinen Zwang an.

Gunter blieb ruhig. Aber man merkte ihm an, wie fasziniert (*gefesselt*) er war.

„Ein heißer Nachmittag", meinte er, als Locke geendet hatte. „Das erleben andere in einem Jahr nicht oder nie. Der Überfall auf Honolke gibt Rätsel auf. Dieser Heinz Söckl? Ich vertraue eurem Urteil. Wahrscheinlich ist er unschuldig. Von einem Karl-Friedrich Ehrenhorn habe ich schon gehört."

„Ach?" staunte Locke.

„Wirklich?" fragte Tom durch seine Salami.

„Nur gehört", nickte Gunter. „Persönlich kenne ich ihn nicht."

„Gutes?" Locke stützte das Gesicht in die Hände. Mit den Zeigefingern zog sie sich Schlitzaugen. Selbst das sah süß aus.

„Er sei ein skrupelloser (*bedenkenloser*) Geschäftemacher, sagt man. Baut Wohnklos mit Kochnische, wie es so schön heißt, und verkauft sie für teures Geld — oft an der Grenze zum Betrug."

„So sieht er auch aus, der Widerling", nickte Locke. „Und wenn du mit Helga Pizza essen willst — geh bloß nicht ins Franco. Das hieße ja, den Kerl unterstützen — diesen alleinigen Teilhaber!"

Herausfordernd sah sie Tom an — bei den letzten drei Worten. Aber der aß seine Salami. Er hatte noch ein Stück abgeschnitten.

„Trotzdem", Gunter schnippte gegen sein Bierglas, „ist auch das die Handschrift der Terror-Bande. Der Anruf des angeblichen Unfallarztes — doch sonderbar, wie? Sieht aus

98

wie inszeniert (*sorgsam vorbereitet*), als wolle man Söckl in Verdacht bringen. Aber weshalb?"

„Rache?" schlug Locke vor.

„Hm"

„Wenn der Verdacht auf Söckl fällt", sagte Mike, „fällt er eben auf *ihn* und nicht auf einen *anderen.*"

„Aber Ehrenhorn hat ein Alibi", sagte Locke, „und er. . . Moment mal! Zwischen meinen Gehirnzellen strahlt ein Scheinwerfer auf! Jetzt weiß ich, warum der uns nicht gesagt hat, daß er beim Franco der Chef ist! Es entwertet sein Alibi. Damit unterstelle ich, daß die Typen dort für ihn lügen."

„Richtig!" nickte Tom. „Eigentlich hat er kein Alibi. Andererseits: Kannst du dir vorstellen, daß dieser Dickwanst durchs Kornfeld schleicht? Und Honolke niederschlägt, einen bewaffneten Bankräuber?"

Locke schüttelte den Kopf.

„Ich werde mich umhören," sagte Gunter. „Vielleicht läßt sich feststellen, ob das Franco ihm gehört. Bis jetzt vermutet ihr nur. Was ihr beobachtet habt, ist zwar aufschlußreich, aber kein Beweis."

„Jedenfalls ein schwarzer Tag für die Söckls", meinte Mike. „An soviel Zufall glaube ich nicht."

„Bei dem Juwelenraub gibt's keinen Zweifel", nickte Gunter. „Das hat die Terror-Bande verübt."

„Was macht die sonst?" fragte Locke.

„Terror. Wobei man nicht weiß, ob alles von ihr stammt, was da durchs Telefon kommt."

„Wie meinst du?"

„Nun, es häufen sich Klagen, daß friedliche Menschen nachts per Telefon belästigt werden. Entweder sie werden bedroht oder eingeschüchtert; oder man teilt ihnen mit, ihr Auto sei gestohlen oder ein Familienmitglied verunglückt. Was alles nicht stimmt. Reine Bosheiten also. Könnte sein, daß nicht die Terror-Bande dahintersteckt, sondern andere ihre Methode imitieren (*nachahmen*)."

99

„Und die Methode?" erkundigte sich Tom.

„Die funktioniert. Leider. Der Überfall auf das Juweliergeschäft ist ein Beispiel. Meistens rollt es so ab: Es kommt ein Anruf. Unter einem glaubwürdigen Vorwand werden wohlhabende Leute irgendwo hingelockt – in eine Falle. Unbekannte plündern sie aus. Viele Opfer werden niedergeschlagen und schwer verletzt."

„Und die Polizei hat keine Spur?" forschte Locke.

„Keine. Obwohl die Verbrecher nicht maskiert auftreten, sondern ihr Gesicht zeigen. Wie im Juweliergeschäft."

„Immer andere Täter?"

„Es scheinen mehrere zu sein."

„Was die Belästigungen betrifft", sagte Locke, „tippe ich nicht auf Nachahmer. Das kommt alles aus einer Quelle. Einerseits bereiten die per Telefon ihre Überfälle vor. Andererseits kitzelt es sie, Angst und Schrecken zu verbreiten. Solche Verbrecher mißt man doch mit anderen Maßstäben, nicht wahr? Die fühlen sich toll, wenn die Stadt vor ihnen zittert – eine so große Stadt. Dann sind sie der King (*König*), oder? Ich kann mir vorstellen, wie Blauauge oder Henry, der Narbige, sich darin baden – in der Angst anständiger Menschen. Nicht wahr, Tom? Man sah ihnen an, daß sie 'ne Makke haben."

„Ich verfüge zwar nicht über deinen Scharfblick, aber du kannst recht haben."

„Habe ich auch. Garantiert."

Locke wandte sich ihrer zweiten Banane zu, die inzwischen gereift war.

„Man hält es nicht für möglich, wie das mit dem Weglokken klappt", erklärte Gunter. „Vorige Woche hat die Terror-Bande nachts in Eggenweiden zugeschlagen. Habt ihr's gelesen? Nein. Es geschah wieder per Anruf. Die Polizeistation dort ist schwach besetzt. Ihr wurde ein schwerer Unfall mit zahlreichen Verletzten gemeldet. 15 Kilometer vor der Stadt. Polizei, Rotes Kreuz und Notarzt sausten los. Sie suchten

100

nach dem Unfall. Wie Söckl. Inzwischen war die Terror-Bande in der Stadt. Sie räumte ein Pelzgeschäft aus. Die Beute wird auf 300.000 Mark geschätzt."

„Pelze?" Tom schüttelte den Kopf. „Und das mitten im Sommer."

„Ich werde nie einen Pelz tragen", versprach Locke. „Weil mir die Tiere leid tun. Seehunde müssen sterben, Jaguare, Tiger, Luchse, nur damit man ihnen das Fell abziehen kann. Für Pelzmäntel, hah! Damit bekloppte Weiber sich schmükken können. Aber davon werden die Gesichter nicht schöner. Und das geschieht ihnen recht."

Ihre drei Zuhörer nickten. Lockes Tierliebe war bekannt, auch wie Locke sich einsetzte für gequälte Vierbeiner. Wobei Tom ihr hilfreich zur Seite stand.

Gunter sah auf die Uhr. „Noch Fragen?"

„Mußt du weg?" erkundigte sich Locke.

„Ich muß nicht, ich will." Er lächelte versonnen. Dann sah er Tom an. „Helga und ich gehen zu einer Vernissage (*Vorbesichtigung einer Kunstausstellung*) in die Fränkel-Galerie. Anschließend sind wir mit Bekannten in der Tiffanys-Bar. Kann spät werden."

Mike seufzte. „Bei mir ist es genau umgekehrt. Ich will nicht, aber ich muß. Bin mit Martina verabredet. Kann auch spät werden. Ein Glück, daß morgen Samstag ist und die Penne ausfällt."

„Ja, richtig!" nickte Tom. „Morgen können wir ausschlafen. Daß heißt, ich kann nicht. Nicki weckt mich immer zur selben Zeit."

Die Tafelrunde löste sich auf. Gunter telefonierte mit der Tagblatt-Redaktion und ging dann in sein kombiniertes Schlaf-Arbeitszimmer, um sich umzuziehen.

Mike stellte vier Teller, drei Gläser und drei Messer in die riesige Geschirrspülmaschine.

Locke sagte zu Tom, wenn er sich anständig benehme, dürfe er mitkommen in ihr Zimmer.

102

„Ich verliere kein Wort", erwiderte er.

„Wie bitte?"

„Denkst du, ich weiß nicht, was du meinst? Mit anständig aufführen! Bezieht sich doch nur auf dein Zimmer, nicht wahr? Daß ich dir nicht Gleiches mit Gleichem vergelte."

Locke lachte. „Weil ich heute gemäkelt habe, wie's bei dir aussieht? Naja, wie gesagt: In meiner Unordnung steckt System. Das erkennt freilich keiner außer mir."

Er kannte ihr Zimmer, aber er genoß den Anblick jedesmal neu. Es erinnerte an ein Teenager-Museum – sein sehr lebendiges Museum allerdings, wo die Bewohnerin ein- und ausgeht.

Poster bedeckten die geblümten Tapeten, Poster von Tieren und Landschaften. Auf der Bettcouch versammelten sich Puppen und Plüschtiere. Bücher – wohin man sah! An drei Garderobenständern hingen weite, schwingende Röcke. Alle waren selbstgenäht. Sieben Strohhüte mit farbigen Bändern hatten ihren Platz. In Schränken, der Kommode und auf Regalen breitete sich aus, was Locke mit Leidenschaft sammelte: Anstecker, Zuckerstücke – verpackt, natürlich –, Münzen und verschiedenfarbige Bleistifte.

In dieser Umgebung fühlte Helena sich wohl, die weiße Maus, die allerdings nur Mausi gerufen wurde.

Locke nahm sie aus dem Käfig. Sofort flitzte Mausi an Lokkes nacktem Arm hinauf, machte Männchen auf der Schulter und beschloß dann, durch die Haarmähne zum Gipfel aufzusteigen.

Tom setzte sich auf den Boden und sah zu, wie Mausis winziger Futtertrog mit Haferflocken gefüllt wurde. Dann durfte Lockes Haustier an einer Strippe turnen und klettern.

„Ich wette, daß Paula mit ihrem Chef Ärger kriegt", sagte Locke.

„Wäre ungerecht."

„Wen interessiert das? Einen Chef? Der sieht doch nur den Verlust. Sie hat sich reinlegen lassen. Das darf nicht sein."

„Uns interessiert es."

„Richtig. Also müssen wir ihr helfen."

„Und wie?"

„Aber Tom! Wir haben die beiden gesehen."

„Haben wir. Und wir würden sie wiedererkennen. Aber unsere Stadt ist kein Dorf. Bis du hier mal einen triffst, zufällig, den du treffen willst, können Jahre vergehen."

„Es sind Ganoven."

„Na und?"

„Damit scheiden gewisse Plätze von vornherein aus."

„Was meinst du?"

„Ich denke an Kirchen, Schulen, wohltätige Vereine", sie lachte, „Kinderspielplätze und Kunstausstellungen. Aber wo trifft man Ganoven?"

„In Nachtlokalen, Bars, Spielhöllen, an Umschlagplätzen für Rauschgift und anderen Stätten des Lasters."

„Du sagst es. Sieh mal, wie geschickt Mausi ist."

„Sehr geschickt. Worauf willst du hinaus, liebste Nina?"

„Wir lassen die Sache doch nicht im Sand verlaufen. Wir werden die Kerle finden."

Tom bleckte die Zähne. „Gnade ihnen Gott!"

Locke dämpfte die Stimme. „Also klar?"

„Du meinst, wir suchen sie? In Nachtlokalen, Bars, Spielhöllen und anderen Stätten des Lasters."

„Logisch. Gunter und Mike schwirren gleich ab. Helga ist dann auch nicht zu Hause. Wer vermißt uns?"

„Du meinst, heute nacht noch?"

„Wann denn sonst? Weihnachten? Schließlich gibt's hier — das weiß ich von Papi — ein echtes Ganovenviertel. Die Stadtverwaltung nennt es Vergnügungsviertel. Dort steht ein anrüchiger Schuppen neben dem andern. Wir sehen uns um. Das ist besser als Däumchendrehen. Finden wir die Kerle, fliegt die Terror-Bande auf. Dann ist auch die Beute da, und Paula kann ihrem Chef wieder in die Augen sehen."

Tom klatschte sich aufs Knie.

104

„Kannst recht haben. Mir fällt ein, was Henry zu Blauauge sagte, bevor er mit dem Aktenkoffer abzog: Wir feiern das nachher mit Drinks. Ich habe zwar verstanden: Das feiern wir nachher im. . . Drink. Aber das ergibt keinen Sinn, war also ein Hörfehler. Fest steht: Sie wollen einen auf die Lampe gießen."

„Und wie die gebaut sind, Tom, machen sie das nicht zu Hause, sondern. . . Hm?. . . "

„. . . in Nachtlokalen, Bars, Spielhöllen oder anderen Stätten des Lasters."

„Wie du das weißt", staunte sie.

7. Im Hauptquartier der Terror-Bande

Kein Gast saß im FRANCO. Toffy, der kleine Kellner mit dem zernarbten Gesicht, gähnte. Dann ging er umher. Auf drei Tischen brannten noch die Kerzen. Er löschte sie.

Sein Kollege Ewald — der klotzige Typ mit den großen Füßen — stand in der Nähe, sah ihm teilnahmslos zu.

In der Küche erlosch das Licht. Schloti, der Koch, kam heraus, trat hinter die Theke und goß sich einen Schnaps ein. „Wo ist'n Helene?" fragte er.

„Im Hinterzimmer." Ewald lachte. „Mit Franco."

„Sehr witzig, hahah!"

Die Tür zum sogenannten Hinterzimmer öffnete sich. Franco Pestalzo schob seinen kantigen Schädel heraus.

„Macht den Laden dicht. Henry und Martin sind da. Und haben was mitgebracht."

Es war noch früh, aber ein Ansturm der Gäste nicht mehr zu erwarten.

Während Toffy, der mit Nachnamen Leiner hieß, den Eingang verriegelte, latschten Schloti und Ewald ins Hinterzimmer.

Um einen langen Tisch gruppierten sich Sessel.

Helene saß am Kopfende und rauchte. Für einen Moment ging ihr Blick zwischen Schloti und Franco hin und her, als erwäge sie, wem der Vorzug zu geben sei. Im Lampenlicht schimmerten ihre roten Locken.

Schloti, Ewald und Franco setzten sich an eine Seite des Tisches. Toffy kam hinzu. Alle Gesichter spiegelten Erwartung. Die Blicke waren auf ihre beiden Kumpel gerichtet: auf Blauauge und Henry, den Kerl mit der Narbe.

Grinsend standen die beiden am Tisch. Der Aktenkoffer lag vor ihnen.

Blauauge hörte auf den Namen Martin Bisam.

Henry Kunkel, alias Hans-Joachim Siebenschläfer, klopfte mit dem Knöchel auf den Aktenkoffer.

106

„Das war ein Fischzug! Klasse!"

„Bis auf die Panne zum Schluß", sagte Schloti. Es klang hämisch.

„Das war Pech. Kann jedem passieren."

Helene betrachtete die beiden und lächelte selbstgefällig. „Wenn ich euch so sehe, wird mir bewußt, wie toll ich arbeite. Aber jetzt verwandelt euch mal wieder."

Sie stand auf, trat zu Martin Bisam und nahm ihm die Kraushaarperücke ab. Dünne Strähnen kamen zum Vorschein. Sie zupfte an seinen Brauen. Auch die lösten sich ab. Nur die blauen Augen blieben unverändert.

„Vorher warst du schöner", lachte Henry Kunkel.

„Auch du läßt gleich Federn." Helene polkte mit ihren Nägeln an der kreuzförmigen Narbe auf seiner Wange.

Einen Moment später war die Narbe verschwunden.

„Die saß fest wie Kitt", sagte er. „Womit klebst du die eigentlich?"

„Mit Spucke." Helene kratzte an seiner Stirn. „Nee, die braune Farbe wasch dir mal selber ab."

„Heute nacht lasse ich die drauf", erklärte er. „Ich gefalle mir als südländischer Typ. Aber ihr hättet sehen sollen, wie die kleine Mieze im Funkelsteinladen auf Martin geflogen ist. Als ich reinkam, hatte sie Blitzlichter in den Äuglein — so begeistert war sie von ihm. Hahaha! Aber bild dir nichts ein, Martin! Das verdankst du nur der Perücke."

„Helene", ließ Franco sich vernehmen, „du bist wirklich die beste Maskenbildnerin weit und breit."

„Danke." Sie lächelte. „Ja, gelernt ist gelernt. Wenn unsere Tricks nicht mehr ziehen — ich könnte jeder Zeit wieder beim Theater arbeiten. Oder beim Fernsehen."

„Vorausgesetzt", meinte Toffy, „dort erfährt niemand, was du bisher getrieben hast."

„Wieso?" Sie klimperte mit den Wimpern. „Nehmen wir an, ich bin Haftentlassene. Die kriegen ebenso Arbeit in unserem feinen Staat wie andere, oder?"

107

Aber das — Haft und Arbeit — waren Themen, auf die keiner gern einging.

„Macht endlich den Koffer auf, damit wir die Beute sehen", verlangte Franco.

„Moment noch!" Kunkel wies zu einer Tür im Hintergrund.

"Der Boß ist gleich da. Er hat Jürgen abgeholt."

Für einen Moment machte sich Stille breit. Jeder hing seinen Gedanken nach, oder auch nicht. Zwischen Franco und Schloti schien ein elektrisches Spannungsfeld zu liegen. Anfangs hatte keiner der beiden was gegen den andern gehabt. Aber dann bereicherte der Boß seine Bande mit Helene, der

gelernten Maskenbildnerin; und seit diesem Tag bestand Rivalität (*Nebenbuhlerschaft*) zwischen Franco Pestalzo und Hans Geyger, genannt Schloti.

Die andern sahen das mit Besorgnis. Denn bei ihren riskanten Coups konnte sich die berüchtigte Terror-Bande keine Schwachstelle leisten. Nur wenn einer für den andern durchs Feuer ging, war Zusammenhalt garantiert. Schloti hätte Franco aber zu gern ins Feuer gestoßen, während der Italiener davon träumte, seinen Rivalen zu ertränken.

Die Tür im Hintergrund wurde geöffnet.

Karl-Friedrich Ehrenhorn stampfte herein. Er sah verschwitzt aus, als hätte er gearbeitet. Mit seinen Goldzähnen hielt er die unvermeidliche Zigarre fest.

Hinter ihm kam ein blonder, rosiger Typ, der trotz ordentlicher Kleidung abgerissen wirkte. Vielleicht lag das an seiner teigigen Figur, die den Anzug an den falschen Stellen ausfüllte.

Er hieß Jürgen Bollmann und gehörte zur Bande. Sein Aussehen täuschte. Er war kaltblütig und hatte Nerven wie Strikke. Eben erst hatte er das bewiesen, als er seinen Wagen bei der Polizei abholte — den angeblich gestohlenen Wagen.

„So, da sind wir vollzählig versammelt." Ehrenhorn kaute die Worte, ohne die Zahnreihen weiter zu öffnen, als die Zigarre das zuließ. Er setzte sich. „Erst sehen wir uns den Schmuck an. Dann wird berichtet. Anschließend besprechen wir das neue Vorhaben. Martin, Henry — zunächst meinen Glückwunsch! Was den Coup betrifft, habt ihr gute Arbeit geleistet. Über das andere reden wir gleich. Nun mal her mit den Klunkern".

Kunkel öffnete den Aktenkoffer.

Gierige Gesichter schoben sich näher.

„Prachtvoll!" flüsterte Helene. „Soll ich den Behang mal anlegen? Damit ihr seht, wie er wirkt."

„Das sehen wir auch so", meinte Ehrenhorn ungalant. „Für 'ne Schau ist jetzt keine Zeit."

110

Die Beute wurde rumgereicht, befingert, bestaunt. Man machte sich Gedanken, was der Verkauf beim Hehler einbringen würde. Dann wanderte alles in den Aktenkoffer zurück. Der Boss nahm ihn an sich.

„War ein ereignisreicher Tag für uns", meinte er, während er seine Zigarre im Aschenbecher ausdrückte. „Fangen wir von vorn an. Ihr wißt zum Teil schon, wie die Sache in Erpendorf gelaufen ist. Der Zufall hat uns ein bißchen geholfen. Aber vor allem kam es darauf an, rasch und entschlossen zu handeln. Es war so: Die Erdhöhle, von der die beiden Teenager berichtet hatten, interessierte mich. Von der Polizeistation fuhr ich zu meinem Landhaus, wo Jürgen wartete. Er stieg ein, und wir fuhren über die Landstraße bis zu der Stelle, wo der Feldweg abzweigt. Jürgen sollte sich die Erdhöhle genau ansehen. Ich hatte — welch glücklicher Zufall! — meine Aktentasche im Landhaus vergessen. Ich sagte Jürgen, daß ich ihn in zehn Minuten abhole, und fuhr zurück. Unterwegs kam mir ein Motorradfahrer entgegen. Mit 'nem Affenzahn. Das war der Bankräuber. Aber zu der Zeit ahnte ich das nicht. Ich holte also meine Aktentasche. Als ich dann wieder die Stelle erreichte, wo ich Jürgen abgesetzt hatte. . . Aber, Jürgen, vielleicht erzählst du weiter. . ."

Jürgen Bollmann knetete seine dicke Unterlippe. Er hatte helle, farblose Augen.

„Tja, ich bin also durchs Kornfeld, finde auch gleich die Höhle und seh mir alles an. Habe ja Zeit. Ich setze mich und blättere in einer Zeitschrift, da höre ich, wie 'ne schwere Maschine über den Feldweg prescht. Dann kommt sie — einfach so — mitten durchs Korn auf mich zu. Bin ich gleich ein Stück weg und auf Tauchstation. Der Fahrer hält, keine drei Schritte von mir. Er steigt ab und wirft 'nen Campingbeutel zum Eingang der Höhle. Aber der Beutel fällt nicht dort rein, sondern mir fast vor die Nase. Ich brauche nur die Hand auszustrecken. Neugierig wie ich bin, sehe ich nach. Ja, da war der Zaster drin. Schöner Batzen! Ist 'ne Gelegenheit, denke ich.

Der Bursche dreht mir den Rücken zu und nimmt seinen Helm ab. Da habe ich ihm eins mit dem Totschläger verplättet. Gut, daß man den immer in der Tasche hat. Ist nützlicher als Nachschlüssel. Manchmal. Na, und weil ich nicht weiß, wann der Knabe wieder aufwacht und wann der Boss zurück ist, fessele ich ihn, den Höhlenbewohner, hahah. So'n Kälberstrick hat er bei sich gehabt. Wie ich dann mit dem Geld an der Straße warte, kommt der Boß und staunt nicht schlecht."

Wieder nahm Ehrenhorn das Wort. „Noch während wir hielten, sah ich im Rückspiegel, wie ein Wagen sich näherte. Es war ein Mann aus Erpendorf. Vor Aufregung hätte ihn fast der Schlag getroffen. Wir kennen uns. Also hielt er, und Jürgen und ich erfuhren, was sich eben ereignet hatte. Und daß der Bankräuber mit dem Motorrad getürmt sei. Der Dorfdepp raste weiter − zur Stadt. Weiß der Himmel, ob er die Verfolgung aufnahm. Na, und wir wußten Bescheid. Also, ab durch die Mitte, bevor die Falle zuklappt. Was genau richtig war, denn kaum hatten wir die Gegend hinter uns, als auch schon die Straßensperren standen. Noch während der Fahrt wurde mir klar, daß die Sache ins Auge gehen kann. Von Heinz Söckl war nichts zu befürchten. Aber diese beiden Teenager machten einen aufgeweckten Eindruck. Dieses Pärchen sagte ich mir, kann bezeugen, daß außer ihnen nur Söckl und ich von der Erdhöhle wissen. Also mußte ich dafür sorgen, daß im Falle eines Falles der Hauptwachtmeister dumm dasteht − verdächtig ist und kein Alibi hat. Und das, Freunde, ist mir gelungen. Indem ich ihn aus seinem stinkigen Wachlokal weglockte − in die Nähe der Erdhöhle. Freilich − einfach war das nicht. Wegen des Bankraubs hielt Söckl die Stellung im Dorf. Vielleicht hatte er auch Weisung, dort zu bleiben. Aber ich habe ihn weggelockt."

„Womit?" fragte Helene.

„Für einige Augenblicke habe ich mich in einen Dr. Mattesen verwandelt", er näselte jetzt mit verstellter Stimme.

„Dr. Mattesen, Notarzt vom Luisenkrankenhaus. Schönen Schreck habe ich Söckl eingejagt."

Er erzählte Einzelheiten. Alle grinsten.

„Nichts hat er gemerkt, der Dummkopf. Jetzt steht er da ohne Alibi. Ich bin mir sicher, daß er die Sache ausbaden wird, denn sein Ruf ist im Eimer — seit der Geschichte mit seiner Frau. Die Vorgesetzten wissen das. Auch, daß er trinkt. Und daß er unzuverlässig ist auf der ganzen Linie. So einer kommt schon mal auf die Idee, sich 80.000 unter den Nagel zu reißen."

„Aber die beiden Teenager sind anderer Meinung", sagte Franco.

Ehrenhorn nickte. Seine Miene verdüsterte sich.

„Nina Rehm, genannt Locke. Und Engelbert Conradi, genannt Tom. Hätte es nicht für möglich gehalten, wie zäh diese Halbwüchsigen sind. Stimmt schon! Die sind mir gefährlich nahe gekommen. Glasklar haben die erkannt: Auch ich könnte es gewesen sein. Ohne das Alibi von euch säße ich in der Tinte. Aber jetzt sind sie zufrieden, die beiden. Mich haben sie freigesprochen von jedem Verdacht."

„Umso schlimmer haben sie uns zugesetzt", sagte Martin Bisam. „Mußten die auch ausgerechnet durch die Sandgasse kommen, als wir abfahren wollten."

„Elender Zufall!" nickte Henry Kunkel, dessen unachtsames Ausscheren den Zwischenfall verursacht hatte.

„Das war kein Zufall", meinte Ehrenhorn. „Ich wette, die wollten zu Paula Söckl. Aber das konntet ihr nicht wissen."

„Verdammte Kiste!" zischte Bisam. „Und ich habe dem Jungen auch noch den Schlüssel gegeben."

Ehrenhorn wußte bereits, was sich abgespielt hatte.

Für die andern erzählte Bisam noch mal, wie knapp er und Kunkel entkommen waren.

„Es gelang nur", sagte er abschließend, „weil wir Jürgens Wagen zurückließen. Dieser Tom Conradi bestand nämlich darauf, daß die Bullen anrücken. Dann wäre es aus gewesen mit uns. Also sind wir verduftet. Tom Conradi war ganz wild. Am liebsten wäre er uns an die Kehle gesprungen. Der hatte 'ne Mordswut, weil wir seiner Freundin ans Mofa gestoßen sind. Naja, und von Pappe ist der nicht, der Jüngling. Sieht ziemlich stabil aus."

„Und was ist dann gewesen, heh!" Jürgen Bollmann klopfte gegen seine fleischige Unterlippe. „Leihe ich euch also meinen Wagen, und ihr bringt mich so in Schlamassel *(Unglück)*."

An die andern gewandt, fuhr er fort: „Sitze ich vorhin ahnungslos zu Hause, ruft Martin mich an. Sagt, was Sache ist, und daß ich meinen Schlitten als geklaut melden soll. Ich mach's, aber in letzter Minute. Sage auch noch, daß der Schlüssel gesteckt hat. Wenig später rufen die Bullen mich an. Sagen, der Wagen ist da, ist für 'nen Überfall benutzt worden, und erst müßten sie die Fingerabdrücke sichern. Dann könnte ich ihn heute noch abholen. Habe ich eben gemacht. Und muß mir noch anhören, daß man 'nen Wagen abschließen muß, weil das sonst zum Diebstahl verführt. Martin, Henry, ihr schuldet mir 'ne Flasche Whisky. Klar?"

„Von mir aus zwei", knurrte Henry Kunkel.

„Weil du uns zum Diebstahl verführt hast", grinste Martin Bisam.

„Kannst aber auch mitkommen", sagte Kunkel. „Martin und ich feiern den Erfolg. Nachher! Im *Longdrink!"*

„Longdrink *(alkoholisches Getränk, vermischt mit Sodawasser)?"* fragte Helene. „Ist das der neue Schuppen in der Belgrader Straße?"

„Erst seit zwei Wochen eröffnet", nickte Bisam.

„Nein!" sagte Bollmann. „Keine Lust heute. Bin müde. Ich komme ein anderes Mal mit."

Ehrenhorn hatte sich eine frische Zigarre angezündet. Vor seinem Feistgesicht wallte Qualm. Aber der Blick seiner glitzernden Augen durchdrang die dichte Wolke und beobachtete scharf.

„Helene!" tadelte er. „Ich kann das nicht mehr mit ansehen! Machst du dir eigentlich einen Spaß daraus, die beiden an der Nase herumzuführen?"

„Was meinst du bitte?" fragte sie unschuldsvoll.

„Ich meine, du hältst sie hin. Beide, Franco und Schloti. Mal machst du dem schöne Augen, mal flirtest du mit jenem. Mag ja sehr schmeichelhaft für dich sein, daß dich beide umschwirren. Aber ich merke doch, daß sie sich bald die Köpfe einschlagen."

„Nein!" Sie sah ihre beiden Verehrer an. „Das macht ihr nicht, mir zuliebe nicht!"

„Da lege ich mich nicht fest!" Schloti grinste. Aber in diesem Grinsen lag keine Freundlichkeit.

Franco sagte: „Er soll endlich was Appetitliches kochen und seine dreckigen Finger von dir lassen."

„So geht's nicht!" rief Ehrenhorn. „Verdammt noch mal! Schon heute nachmittag im Lokal habt ihr euch aufgeführt wie die letzten Idioten. Helene!" wandte er sich an die Umworbene. „Zum Teufel, entscheide dich! Für einen! Damit endlich Ruhe ist."

Gequält lächelnd zeigte sie allen, was ein wirkungsvoller Augenaufschlag ist.

„Aber, Chef! Es ist ungerecht, mir jetzt die Schuld zuzuschieben. Ich kann mich einfach nicht entscheiden. Mir gefallen sie beide. Jeder auf seine Art."

Ehrenhorn stöhnte. Für einen Moment verbarg er das Gesicht in den Händen.

Die nicht Betroffenen grinsten: Ewald, Toffy, Bollmann, Bisam und Kunkel.

Helene bog an ihren Wimpern. Franco machte ein Gesicht, als halte er stoßbereit ein Messer in der Hand. Schloti begutachtete seine Fäuste, die den Beefsteaks ähnelten, die er in seiner Küche grillte. Eine Weile herrschte Schweigen. Dann hob Ehrenhorn den Kopf und ging zum nächsten Thema über, als wäre das Problem überwunden.

116

„Also, unser nächster Coup: der Geldbote Otto Liwert. Toffy und Ewald, ihr übernehmt das. Haltet euch an Liwerts Schwester. Mit der schönen Melanie bin ich einig. Sie gibt uns den Tip. Sie sagt uns, wie, wann und wo. Dann müßt ihr sofort starten."

„Erfährt sie denn rechtzeitig, wann Bruder Otto mit dem Geld unterwegs ist?" fragte Ewald.

Ehrenhorn nickte. „Der vertraut ihr. Er ist dämlich. Erzählt ihr alles. Sie heuchelt Interesse, und er sagt, was sie wissen will. Aber ihr geht nicht zu hart um mit Otto. Klar? Das macht Melanie zur Bedingung."

„Er wird's überleben." Ewald lachte.

8. Heiße Spur zum LONGDRINK

Die Nacht brach an. Es war warm. Am Himmel flimmerten Sterne. Freitagnacht in einer Großstadt — alle Welt schien auf den Beinen zu sein. Da durften Locke und Tom nicht fehlen.

Sie hatte sich umgezogen, trug jetzt einen knöchellangen Rock und einen anderen Strohhut — einen mit nachtblauem Band.

Tom hatte sich lediglich die Hände gewaschen — als Vorbereitung für den langen Abend im Vergnügungsviertel der Stadt. Allerdings — ob der Abend vergnüglich wurde, das stand in den Sternen. Immerhin galt die Suche den beiden Verbrechern der Terror-Bande: Blauauge und Henry, dem Kerl mit der Narbe.

Locke und Tom rollerten bis zur Trautwein-Straße und bogen dann ab in Richtung Michaelis-Kirche. Dahinter begann die Gegend, in der Kinder und Tugendsame nach Einbruch der Dunkelheit nichts verloren haben.

Es herrschte Betrieb, begünstigt durch das schöne Wetter. Aus Kneipen, Bars, Nachtlokalen, Spielhallen und anderen Etablissements (*Vergnügungsstätten*) drangen Lärm und Musik. Vor den Discos, die zur Zeit ‚in' waren — aus welchen Gründen auch immer —, bildeten sich Menschentrauben. Man begehrte Einlaß, aber drinnen konnte kein Glas mehr zu Boden fallen, so dicht an dicht drängte sich alles.

Sie fuhren nebeneinander und strengten die Augen an.

„In der Menge", sagte Locke, „gehen die beiden unter."

„Vielleicht haben wir Glück."

„Das brauchen wir aber auch."

„Eben habe ich einen gesehen", grinste Tom, „der sah Blauauge ähnlich. Das ist doch schon was."

„Heiß, heiß — wir sind dicht dran. Kannst ihn ja fragen, ob er der Bruder ist."

Zweimal fuhren sie die Straße ab. Ihre Zuversicht bröckelte. Sie quetschten sich an parkenden Autos vorbei, wurden angehupt und einmal beschimpft. Es war ein Betrunkener, der ihnen in den Weg lief. Tom verzichtete darauf, ihm eins hinter die Ohren zu geben.

„Das war die Hauptachse", sagte Tom. „Jetzt nehmen wir uns die Nebenstraßen vor."

„Ich glaube, es ist sinnlos. Wenn die sich betrinken, Tom, werden sie nicht auf der Straße rumhängen. Aber wir können unmöglich in jede Kneipe reinsehen."

„Hm. Richtig. Aber da wir schon mal hier sind — ich finde es ganz interessant. Mich verblüfft, daß die Leute nichts Besseres vorhaben. Sich hier herumtreiben, ist doch Zeitverschwendung. Aber sieh sie dir an. Dann weißt du alles."

Sie rollerten bis zur nächsten Ecke, wo sie abbiegen wollten — in die Belgrader Straße. Dort ging es beinahe still zu.

Locke hielt an der Ecke, um auf Tom zu warten, der einer johlenden Gruppe auswich.

An der Ecke lauerte ein langnasiger Mensch, hielt den Arm voller Reklamezettel und sprang wie angestochen hin und her, um jedem Passanten einen Zettel zu geben.

Anreißerisch blökte er dazu: „Kommen Sie ins Looongdrink! Über 100 Whiskysorten. Die Bar der Zukunft! Zivile Preise! Looongdrink! Looongdrink!"

Auch Locke erhielt einen Zettel, was sie mit Empörung vermerkte. Sah man ihr denn nicht an, daß sie nur Milch trank?

Longdrink

Sie blickte auf den Reklamezettel.

Tom stoppte neben ihr. Seine nervige Hand umschloß ihren Unterarm.

„Nina, Liebste!" zischelte er. „Hast du's gehört? *Longdrink*!"

Sie blickte in sein grünes Auge. „Manchmal, Tom, ist es beängstigend, wie unsere Gedanken sich gleichen. Ich getraue mir kaum noch, was Schlechtes zu denken. Du könntest es erraten."

119

„Hah! Gut! Hast also denselben Geistesblitz. Wie sagte Henry zu Blauauge, wörtlich: So oder so, das feiern wir nachher im. . . Drink! Doch kein Hörfehler. Nicht *mit* Drinks, wie ich hinterher berichtigt habe, sondern *im*. . . Drink, nämlich im *Long*drink. Alles klar?"

„Im Looongdrink", dehnte sie wie der Anreißer. „Potztausend, Engelbert! Dann sind wir am Ziel."

„Vielleicht. Diese Typen! Die waren sich so sicher, daß sie uns abhängen würden, uns junges Gemüse, daß sie nur noch ans Feiern dachten. Fahren wir zum *Longdrink*, Locke! Vielleicht gibt es ein Wiedersehen. Das muß dann auch noch gefeiert werden."

Die Belgrader Straße protzte mit gehobenem Niveau (*Rang*). Vermutlich kletterten hier die Preise wie Lockes Mausi in ihrer Turnstrippe. Teure Wagen parkten zu beiden Seiten. Aber nicht nur gutbetuchte Gäste bestimmten das Straßenbild. Auch schräge Typen schlenderten umher. Vereinzelt hockten Bettler, „blinde" Bettler mit der neuesten Zeitung in der Jackentasche und „Beinamputierte" (*Amputation = operative Abnahme eines Körpergliedes*), die — wenn sie nicht bettelten — fürs goldene Sportabzeichen trainierten.

Das *Longdrink* lag auf der linken Seite.

Locke und Tom hielten schräg gegenüber, wo eine Telefonzelle stand. Hinter ihr öffnete sich eine Hofeinfahrt wie ein schwarzer Schlund. Ein Bettler saß dort auf dem Boden, war aber nicht im Dienst, sondern machte Pause und widmete sich einem Papptablett mit vier großen Hamburgers. Sein Bettelschild, auf dem in schwarzer Trauerschrift vermerkt war: ICH HABE HUNGER lehnte am Pfeiler. Jetzt, während seiner Arbeitspause, hätte der Schnorrer milde Gaben vermutlich zurückgewiesen — mit dem Hinweis, in zehn Minuten sei wieder geöffnet.

„Da können wir parken", sagte Tom — und schob seinen ‚Hirsch' in die Einfahrt.

121

Locke stellte ihr ‚Hirschkalb' daneben.

Tom überlegte, ob er den Penner gegen Trinkgeld zum Aufpassen anstiften sollte, aber der sah nicht aus, als werde er als Parkwächter sein Leben einsetzen.

Passanten schlenderten: ältere Herren, die was erleben wollten; Pärchen, die sich über die Singles (*Alleinstehender*) amüsierten; und Damen, die schon viel erlebt hatten in ihrem Leben.

Ein Bummelstück straßauf beendete ein Kino die Vorstellung, und ein Schwarm Besucher ergoß sich auf die Straße.

Tom legte den Arm um Lockes Schultern. Sie standen neben der Telefonzelle und sahen zum *Longdrink* hinüber.

Die „Bar der Zukunft" befand sich in einem freistehenden Haus. Auf der einen Seite lagen 20 Quadratmeter Rasen im Todeskampf. Abgase hatten in die Grasdecke Löcher gefressen, und zwei Limousinen − vermutlich die der *Longdrink*-Manager − zerdrückten die Grünfläche zusätzlich.

Auf der anderen Seite umgab eine mannshohe Backsteinmauer den hauseigenen Parkplatz für Gäste, einen großen und dunklen Hinterhof. Man hatte das Tor entfernt, um das Ein- und Ausfahren zu erleichtern. Ein gutes Dutzend Nobelkutschen wartete auf die Lenker, die unterdessen unter mehr als 100 Whiskysorten wählten.

„Die Polizei hat die Nummer 4545666", sagte Tom. „Wenn Blauauge und Henry drin sind, rufen wir an."

Er klopfte gegen die Glaswand der Telefonzelle.

„Ich bin aufgeregt wie vor einer Mathe-Arbeit", sagte Locke. Für einen Moment kuschelte sie sich in seinen Arm, wobei sie fast den Hut verloren hätte, weil die Krempe im Weg war.

„Du spürst es auch?" fragte Tom.

„Was?"

„Daß sie drin sind."

„Hm. Ich glaube es erst, wenn ich sie sehe. Sitzt mein Hut?"

„Könntest auf den Laufsteg – so schick."

Sie strich über ihren langen Rock, der eng geschnitten und vorn hoch geschlitzt war.

Aber über den Rock sagte Tom nichts, er äugte zur Bar hinüber.

An der Tür aus schwerem Holz befand sich eine Klingel.

Wer hinein wollte, drückte den Knopf. Dann tat sie sich auf wie von Geisterhand. Fand Gesichtskontrolle statt?

Dann, dachte Tom, haben wir keine Chance. Uns sieht man an, daß wir keine dreistellige Zeche machen.

„Da scheint ein Zerberus (*grimmiger Wächter; eigentlich dreiköpfiger Wachhund der Unterwelt aus griechischer Sage*) die Gäste zu prüfen", sagte er. „Der läßt nicht jeden rein."

„Wir sind nicht jeder."

„Aber keine Bereicherung für diesen Laden."

„Rein kommen wir, Tom."

„Mit Gewalt geht hier nichts."

„Du sollst keinen verprügeln, du sollst List anwenden. Wir sagen, wir wollen zu unserem Herrn Papa, es sei wichtig. Zu Dr. Ohrenthaler-Podelsky wollen wir. Ich wette, der Zerberus kennt nicht jeden Gast mit Namen."

„Gute Idee! Packen wir's an."

Sie überquerten die Straße. Locke hatte ihn eingehakt.

Ohrenthaler-Podelsky jun. – Tom, natürlich – trug Jeans, die üblichen Turnschuhe und ein T-Shirt, das morgen in die Wäsche kam.

Er sah wirklich aus, als suche er seinen Vater – wie ein Barbesucher sah er nicht aus. Seiner entzückenden Begleiterin konnte man diese Absicht schon eher unterstellen.

„Wenn wir ihnen plötzlich gegenüber stehen", sagte Lokke, „tun wir so, als erkennen wir sie nicht. Und dann nichts wie raus!"

„Während du telefonierst, passe ich auf, daß die sich nicht heimlich verkrümeln. Du weißt die Nummer?"

123

„6665454 — von rückwärts."

„Phantastisch."

„Du, ich glaube, ich habe Flöhe im Bauch."

„Nur Milch und Bananen. Das Kribbeln ist Aufregung."

Er drückte ihren Arm, dann ihre Hand. Die Finger waren etwas kühler als sonst.

Unter der Klingel neben der Tür war ein Leuchtschrift-schild angebracht: BITTE LÄUTEN!

Tom läutete. Die Tür sprang auf — fernbedient. Kein Zer-berus, keine Gesichtskontrolle. Keine Notwendigkeit für phantasievolles Schwindeln.

Sie traten in einen halbdunklen Vorraum, wo Garderobe und Zigarettenautomaten sich befanden. Er war menschen-leer. Ein schwerer Vorhang füllte einen Rundbogen-Durch-gang. Dahinter murmelten Stimmen. Eine Stereo-Anlage untermalte mit südamerikanischen Klängen.

„Bleib dicht neben mir!" flüsterte Tom.

Locke schritt aufrecht. Daß sie sich an seinem Arm fest-klammerte, hätte Tom nie behauptet. Er war Kavalier.

Sie traten ins *Longdrink*. Die Beleuchtung war schumme-rig, aber man sah, wohin man den Fuß setzte. Über, an und hinter einer langgestreckten Theke funkelte Chrom. Alle Lampen — auch die auf den Tischen — bestanden aus farbi-gem Glasmosaik.

An der Theke saßen vier Paare. Jeder neigte sich dem Part-ner zu, hatte nur Interesse für ihn. Die übrigen Gäste, zwei Dutzend etwa, verteilten sich an die Tische. Ein schwarzlok-kiger Kellner bediente. Eine blondlockige Bardame mit tie-fem Dekollete (*Halsausschnitt*) schüttelte den Mixbecher im Takt eines Cha-Cha-Cha. Die schönsten Locken hatte der Barkeeper. Auch er war blond.

Locke und Tom gingen an der Bar vorbei.

Zwei Männer am ersten Tisch blickten erstaunt.

Der Barkeeper, der gerade eine Orange in Scheiben schnitt, hielt inne und sah dem Pärchen nach.

Toms Blicke spießten förmlich – hierhin und dorthin. Lokkes Blicke wieselten über die Gesichter.

Sie erreichten fast das Ende der Theke, ehe der schwarzlockige Kellner sie abfing.

„Einen Zweiertisch?" erkundigte er sich. Mit einer Miene, als wolle er sich vorher das Taschengeld zeigen lassen.

„Nein!" sagte Tom harsch.

„Sondern?"

„Wir suchen unseren Vater", sagte Locke.

„Euren. . . ach so."

„Aber der Ach-so scheint nicht hier zu sein", murmelte Tom – und sah sich nochmals gründlich um.

„Es ist nämlich wichtig", sagte Locke zum Kellner. „Wir haben ein süßes Baby bekommen. Eben gerade. Das heißt, unsere Mama hat's geboren. Unser Papa, dachten wir, feiert schon. Aber er ist nicht hier."

„Herzlichen Glückwunsch", sagte der Kellner. „Wie ist denn der Name?"

„Annette. Sie wiegt sieben Pfund."

„Nein, ich meine, wie euer Vater heißt. Damit ich's ihm sagen kann, falls er noch kommt."

„Dr. Ohrenthaler-Podelsky", sagte Tom.

Locke konnte nicht anders – sie kicherte.

„Komm, Schwesterlein!" meinte Tom mit steinerner Miene. „Der alte Trunkenbold hockt wahrscheinlich woanders."

Sie machten kehrt. Arm in Arm schritten sie hinaus. Stirnrunzelnd sah der Kellner ihnen nach. Der Barkeeper schnitzelte weiter an der halbreifen Orange. Die Bardame stellte den Mixbecher ab.

„So eine Enttäuschung", sagte Locke, als die Nachtluft ihr Gesicht streichelte.

„Es ist ja noch früh. Vielleicht kommen sie später."

„Ob sie hier Stammgäste sind?"

„Der Laden sieht so neu aus. Der riecht noch nach Farbe. Stammgäste gibt's hier frühestens in drei Monaten."

125

Sie blieben vor der Bar stehen, unschlüssig, wie es jetzt weitergehen sollte.

Ich verstehe nicht, dachte Locke, daß wir so daneben greifen. Die Spur stimmt doch. Die Spur ist heiß. Wieso sind die Ganoven nicht hier? Diese Unzuverlässigkeit regt mich auf. Wir reißen uns ein Bein aus, und die kommen einfach nicht. Unerhört!

Arm in Arm schlenderten sie drei, vier Schritte an der Backsteinmauer entlang, die den *Longdrink*-Parkplatz umschloß. Eben war dort ein Wagen reingerollt. Gesehen hatten sie ihn nicht mehr, aber die quietschenden Reifen gehört, weil der Fahrer zu schnell durchs Tor kurvte.

Dort, beim Tor, machten sie halt. Nur eine Lichtquelle erhellte den Hof, eine schmiedeeiserne Laterne an der Hauswand. Unter ihr parkte ein dunkler Mercedes ein.

Locke konnte nicht erkennen, wer drin saß, und sie wurde in diesem Moment abgelenkt.

Tom hatte sich umgedreht, vielleicht zufällig, vielleicht aus Instinkt, jedenfalls gerade noch rechtzeitig. Er sah, wie sich der Bettler — der eben sein Vier-Hamburgers-Nachtmahl eingenommen hatte — an Lockes Roller zu schaffen machte.

Tom ließ ihren Arm los, war mit drei Sätzen über die Straße und hatte den Kerl schon am Kragen, wobei er freilich mit spitzen Fingern zufaßte, denn die Pennerklamotten wurden sicherlich bewohnt — von Läusen und anderem Ungeziefer.

„Hände weg, Wolkenschieber!"

Der Schnorrer sackte fast in die Knie. Er war ein kleiner Kerl mit schiefem Wieselgesicht.

„Nicht doch, Junge! Will ja gar nichts. Will ja nur schauen! Interessiert mich doch! Ich bin Motor-Fan!"

„Frag gefälligst vorher!" Tom ließ ihn los. „Dann gibt's keine Mißverständnisse. Die technischen Daten sage ich dir gern: Ist ein Mofaroller mit 48 Kilo Gewicht und einem 50 ccm-Motor. Macht 28 Kilometer pro Stunde und verbraucht zwei Liter auf 100 Kilometer. Dann muß man auch tanken. Im Gegensatz zu meinem Roller hat der hier keine Diebstahlsicherung. Deshalb sind wir vorsichtig. Klar?"

„Verstehe!" nickte der Schnorrer, griff sich sein Bettelschild und tippelte ein Stück die Straße hinauf. Er schien zu überlegen, ob er heute noch ‚arbeiten' sollte, entschied sich für Überstunden und nahm Platz neben dem Eingang eines Weinlokals.

Grinsend wandte Tom den Blick ab. Wo blieb Locke?

Der Platz vor dem Tor war leer.

Schreck durchzuckte ihn.

Er sah nach rechts, nach links, straßauf, straßab. Nachtbummler schlenderten, gafften, blieben vor Eingängen stehen, prüften Plakate, Speisekarten und Preislisten. Es waren nicht allzu viele Leute. Locke war nicht darunter.

Tom rannte hinüber. Er wollte auf den Parkplatz. Nur dort konnte sie sein. Am Tor prallte er mit einem Mann zusammen, der von rechts hinter der Backsteinmauer hervortrat.

Der Anprall warf den Mann gegen den Kofferraum eines Sportwagens.

Tom hatte die Entschuldigung bereits auf der Zunge, stutzte aber und sah genauer hin.

Himmel! Den kannte er. Das war doch. . .

Nein! Blauauge hatte krauses Haar und kräftige Brauen. Dieser Kerl hier ähnelte ihm zwar, was Gesichtsschnitt und Augen betraf, hatte aber. . .

„Halt bloß die Luft an!" zischte der Mann. „Sonst ist es aus mit deiner Locke". Er stützte sich gegen den Kofferraum.

Also doch! Ein Atemzug genügte, und Tom hatte seine Verblüffung überwunden.

Blauauge! Etwas verändert zwar, aber er war's. Hatte also vorhin eine Perücke getragen.

„Was ist mit Locke?"

„Geh langsam weiter! Auf die Laterne zu! Los! Dann siehst du die Kleine. Sie sitzt bei meinem Kumpel im Wagen. In

127

dem schwarzen Mercedes. Los, geh hin! Überzeug dich! Mein Kumpel hat ein nadelspitzes Messer. Wenn du jetzt eine falsche Bewegung machst, ist es aus mit dem Mädchen."

„Was?"

Blauauge lächelte. „Du machst, was ich sage, oder deine Freundin büßt es."

Toms Blut schien zu erstarren. Er ging auf den Wagen zu. Als er nahe war, sah er Locke.

Sie saß auf dem Rücksitz, war ohne Hut, und in ihren Augen stand Entsetzen. Henry saß neben ihr. Seine Hand krallte sich in ihre Schulter. In der anderen Hand hielt er ein Messer. Die Spitze berührte Lockes Kehle.

9. Schützenfest mit Ziegelsteinen

Sie hatte Angst, aber sie wollte nicht zittern. Im Schoß preßte sie die Hände aneinander. Die Finger waren eiskalt. Henry, der Narbige, der aber jetzt keine Narbe mehr hatte, roch nach Zwiebeln und Bier. Seine Hand war wie eine Klaue. Die Finger bohrten sich in ihre Haut. Bestimmt entstanden dort blaue Flecke. Außerdem tat es weh. Sie schluckte. Bei jeder Bewegung ihres Halses spürte sie das Messer. Flehentlich blickte sie Tom durch die Scheibe an.

Lauf weg! dachte sie. Lauf doch! Hol Hilfe!

Aber Tom stand wie ein Fels, starrte herein, und vom Hals her stieg dunkle Röte in sein kräftiges Gesicht.

Nicht doch! dachte sie. Wenn ihn jetzt die Wut übermannt, ist alles aus.

Die Tür war verriegelt, aber die Scheibe spaltweit geöffnet. Locke hörte, was Blauauge sagte.

„Du siehst", sagte Blauauge, „sie ist in unserer Gewalt. Sie war ein bißchen zu neugierig, die Hübsche, und kam näher, als wir ausstiegen. War sich wohl nicht schlüssig, ob wir's sind oder nicht sind. Ja, ein bißchen verändert haben wir uns. Leider nicht genug. Tritt dort an die Wand! Los!"

„Wenn meiner Freundin was geschieht", sagte Tom, „bringe ich euch um."

„Hast du gehört, Henry?" Blauauge lachte. „Der Herr Conradi spielt den Helden. Aber das wird dir noch vergehen, mein Lieber! Los, an die Wand! Oder willst du, daß deiner Freundin wirklich was passiert?"

Tom mußte gehorchen. Seine Zähne knirschten, daß es sich anhörte wie Mühlsteine in voller Aktion.

Mit der Stirn mußte er sich an die Wand lehnen. Blauauge befahl ihm, die Hände auf den Rücken zu strecken.

Tom wurde gefesselt, rasch und gekonnt.

Der Lederriemen schnitt tief in die Haut. Es schmerzte. Hände und Finger verloren jedes Gefühl.

Hatten diese Kerle sowas immer bei sich: Lederriemen zum Fesseln, spitze Messer zum Bedrohen. . .?

In ohnmächtiger Wut schielte Tom zum Tor.

Natürlich. Jetzt kam niemand. Jetzt ging auch keiner vorbei. Aber selbst wenn! Nur Polizei hätte Hilfe gebracht.

„Du setzt dich auf den Beifahrersitz", befahl Blauauge. „Mach keine Zicken! Das Mädchen hätte es zu leiden."

„Was habt ihr mit uns vor?"

„Mit euch − nichts."

„Was soll dann dieses Krimitheater?"

„Denk mal nach!" Er schob Tom auf den Beifahrersitz, schlug die Tür zu und ging um den Wagen herum.

„Es. . . tut mir leid, Tom!" Lockes Stimme kickste. „Ich bin zu nah an sie rangegangen. Blauauge kam mir so bekannt vor. Aber ich dachte nicht, daß er's ist. Wollte mich nur wundern, daß es solche Ähnlichkeit gibt."

Henry lachte. Er hielt jetzt das Messer auf dem Schenkel, wie Tom beim Einsteigen gesehen hatte. Abgesehen von der fehlenden Narbe sah der Kerl noch so aus wie vorhin: ein südländischer Typ, ölig, mit engstehenden Augen.

Blauauge glitt hinters Lenkrad.

„Hast du nachgedacht?" fragte er Tom.

„Was?"

„Willst doch wissen, was das soll − dieses Krimitheater, wie du dich ausdrückst? Verstehst du nicht, daß ihr für uns ein Risiko seid − solange ihr euch frei bewegt. Ein Anruf von euch − und wir haben die Bullen auf dem Hals. Deshalb ziehen wir euch aus dem Verkehr. Wir brauchen Vorsprung. Das ist es!"

„Ihr wollt uns einsperren?"

„Einsperren! Aussperren! Laß dich überraschen! Und ich warne dich nochmals. Keine Faxen, wenn wir jetzt durch die Stadt fahren. Wir verstehen keinen Spaß!"

Er verriegelte Toms Tür, ließ den Motor an, setzte den Wagen zurück und ließ ihn auf die Straße rollen.

Locke lehnte sich in die Polster, nicht behaglich, sondern erschöpft. Sie vermißte ihren Hut. Der war ihr vom Kopf gefallen, als Henry sie packte. Rasch sah sie durchs Rückfenster. Tatsächlich! Was Helles, Plattgewalztes lag vor der Parknische im Hof. Dann glitt der Wagen weiter, und die Backsteinmauer nahm ihr die Sicht.

Unsere Roller, dachte sie traurig. Bestimmt werden sie gestohlen. Einsperren? Aussperren? Sind die Kerle wahnsinnig! Wie behandeln die uns?

Sie sah Tom an. Er hatte sich etwas zur Seite gedreht. Daß seine Hände auf den Rücken gefesselt waren, behinderte beim Sitzen. Aber vor allem — ja, er wollte Blickkontakt mit ihr aufnehmen, blau- und grünäugig, mit einem sehr männlichen Lächeln, das ihr Trost geben sollte.

„Dreh dich um!" sagte Henry. „Sonst kriegst du eins in die Zähne!"

„Dir traue ich's zu, daß du einen Gefesselten schlägst". Tom duzte die beiden, mehr war ihm dieses Gesindel nicht wert.

„Worauf du dich verlassen kannst", erwiderte Henry. „Ich haue dir die Visage zu Brei und mache mir nicht die geringsten Gewissensbisse."

„Henry!" tadelte Blauauge. „Wir haben eine junge Dame an Bord. Was soll sie von uns denken!"

„Das sage ich lieber nicht", fauchte Locke.

Blauauge lachte. Er wirkte ganz locker, war Herr der Situation, fuhr vorsichtig, aber nicht so langsam, daß er bei einer Polizeistreife Mißtrauen erregt hätte — Mißtrauen, weil auch mancher Betrunkene seine Mühle im Schrittempo durch den Stadtverkehr bewegt.

Tom sah hinaus, beobachtete, prägte sich die Route ein. Bis jetzt war daran nichts Besonderes.

Alle schwiegen. Der Wagen glitt über den Rathausplatz. Drüben auf der anderen Seite war das Rats-Café, ein Abendlokal und beliebter Treff der reiferen Teenager. Abiturienten,

Mikes Kragenweite, waren dort ständig anzutreffen. Und jetzt, tatsächlich, saß auch er dort: Lockes Bruder.

Mit anderen und der hübschen Martina saß er am Tisch, zu weit entfernt, um den Wagen zu bemerken, geschweige, daß er auf die Insassen geachtet hätte.

Locke seufzte, daß sich ein Stein in Pudding verwandelt hätte.

Tom sagte: „Hup mal, Blauauge! Dort drüben sitzt ein lieber Freund von mir."

Der Ganove runzelte die Stirn. War Tom ihm zu kess?

Es ging stadtauswärts.

„Wohin bringt ihr uns?" fragte Tom.

„Wart's ab!" Blauauge beugte sich übers Lenkrad.

Jetzt will ich's wissen! dachte Locke. Aber ob die 's verraten.

„Gehört ihr zur Terror-Bande?" fragte sie.

Keiner anwortete.

Keine Antwort, ist auch eine Antwort, dachte sie.

Neben ihr regte sich Henry. Aus den Augenwinkeln schielend, sah sie, wie sich sein Messer bewegte, als gelte es, die Luft zu zerfetzen.

„Haltet jetzt den Mund!" sagte er leise. Es klang gefährlich.

Der Wagen fuhr durch unbeleuchtete Straßen, näherte sich dem Weichbild der Stadt, wo sie überging in Vororte, hinter denen das Umland lag. Sie passierten einen Bahnübergang, folgten einer Schnellstraße, bogen wieder ab, fuhren durch Lückeberg, einen nordwestlichen Vorort, und rollten dann über eine Landstraße, die den — für ihren Zustand — Verantwortlichen ein schlechtes Zeugnis ausstellte. Die Winterschäden vieler Jahre konnten hier besichtigt werden.

Blauauge fuhr langsam, um die Federung zu schonen.

Wollen die uns etwa nach Klein-New York bringen? dachte Locke.

Offiziell *(amtlich)* hieß es anders, nämlich: Hochhaussied-

133

lung Wieseneck. Aber der Volksmund hatte es Klein-New York getauft, weil es von weitem so aussah.

Die Hochhaussiedlung lag sechs Kilometer von der Stadtgrenze entfernt und war auf freiem Feld entstanden: acht Wohntürme mit je zehn oder zwölf Etagen. Es sollten Luxuswohnungen und Luxusapartments werden – für stadtmüde Pendler, die gern außerhalb schlafen, Wiesenduft schnuppern und Stille schätzen.

Eine Baufirma hatte dieses Großvorhaben auf – wacklige – Füße gestellt – und dann Pleite gemacht. Ohne Geld ging's nicht weiter. Bislang hatte sich keiner gefunden, der das Projekt (Plan) fortsetzte; deshalb existierte Klein-New York bis jetzt nur als gigantische Bauruine.

Die Rohbauten waren fertig. Aber durch leere Fensterhöhlen pfiff der Wind. Auf die Flachdächer trommelte Regen, und in den unteren Räumen sammelten sich Bauschutt und Ungeziefer. Freilich – daß Penner dort nächtigten, kam selten vor. Für Fußgänger war Klein-New York zu stadtfern. Erreichbar war es ohnehin nur per Wagen, denn das U-Bahn-Netz hatte noch keinen Faden in diese Richtung gewebt.

Scheinwerferlicht strich über die Landstraße. Die Sterne flimmerten, die Nacht war klar. Sobald die Augen sich an die Dunkelheit gewöhnt hatten, konnte man weit sehen.

Schwarze Schemen hoben sich aus der Ebene: die Hochhäuser, die Bauruinen.

Blauauge fuhr noch langsamer, ließ den Wagen am ersten Rohbau vorbei rollen, auch am zweiten und hielt dann zwischen zwei Zwölfstöckern, die sich gegenüberstanden.

Der Motor verstummte. Blauauge schaltete Standlicht ein.

„Aussteigen!" Henry sprang ins Freie.

„Tom, die wollen uns hier einsperren." Locke war entsetzt.

„Keine Angst, Locke! Wird schon alles werden."

Henry zerrte Tom aus dem Wagen. Dessen Hände waren wie abgestorben. Aber er biß die Zähne zusammen.

134

„Dort setzen wir sie aus."

Blauauge wies auf das rechtsstehende Hochhaus.

Henry sagte: „Dann müssen wir sie so fesseln, beide, daß sie sich nicht rühren können. Hier sind nämlich nirgendwo Türen."

Blauauge lachte. „Mir ist was Besseres eingefallen. Wir bringen sie hoch aufs Dach. Sind alles Flachdächer. Der einzige Ausstieg ist eine türgroße Luke. Und diese Luke ist aus Stahlblech. Kürzlich war ich mal oben und habe mir das angesehen. Du wirst staunen, wie das funktioniert. Wenn man sie nämlich von innen verriegelt, läßt sie sich von außen nicht öffnen, die Luke."

Henry pfiff durch die Zähne. Dann ging ihm auf, was bevorstand.

„Heißt das etwa, wir müssen zwölf Etagen hochsteigen?"

„Wirst es schon schaffen."

Henry fluchte und trat gegen einen Blecheimer, der dann scheppernd über den Boden rollte.

Tom verfluchte seine Hilflosigkeit. Wäre Locke nicht dabei gewesen, hätte er dennoch versucht, die beiden zu überrumpeln: mit Karate-Tritten und Schulterstößen. Aber er hatte keine Garantie, daß das gelang. Und sie hatten gedroht, es Locke büßen zu lassen, falls er Widerstand leiste.

Locke hatte erwogen zu fliehen und den Gedanken wieder verworfen. Wie die beiden sich verhalten würden, war vorauszusehen. Sie verfolgen? Wohl kaum. Stattdessen würden sie den Spieß umdrehen, ihre Wut an Tom auslassen und sie damit zwingen, ihre Flucht aufzugeben. Falls es ihr überhaupt gelang: zu entwischen und sich in der Dunkelheit zu verstecken. Es war wirklich zum Heulen. Sie sah keinen Ausweg.

Blauauge hielt was in der Hand. Daß es eine Taschenlampe war, zeigte sich, als ein scheinwerferstarker Lichtstrahl durch die Dunkelheit schoß. Er leuchtete die Türöffnung an. Sie war breit und ungleichmäßig.

Lockes Blick wanderte umher. Das Sternenlicht reichte aus, um vieles umrißartig zu erkennen: Betonmischmaschinen, Krangleis, Kipploren, Turmdrehkran mit Ausleger und Tragseil, Betonkübel, Schwellenrost und mehrere Baubuden. Schutzgeländer waren errichtet. Stahlrohrgerüste standen noch. Mit Trennwänden waren die sogenannten Zuschlagstoffe, wie Kies und Sand, in verschiedener Korngröße abgeteilt.

Locke fragte sich, ob die Pleite-Firma das alles zurückgelassen hatte, oder ob andere bereits weiterbauten.

„Los!" befahl Blauauge. „Rein in die gute Stube! Und dann immer die Treppe hoch. Herr Conradi geht voran, gefolgt von Fräulein Rehm. Wer schlappmacht, fliegt in den Aufzugschacht! Klar? Aber so taumelig und stolperig wird wohl keiner sein, wie? Ich leuchte euch. Nun los."

Henry kaute zwei, drei Flüche durch die Zähne. Offenbar

haßte er körperliche Anstrengung. Blauauge, der fit wirkte, schien sich darauf zu freuen.

Sie gingen über Schutt, über Steine und Balken. Sie traten in den Rohbau.

Blauauges Taschenlampe richtete sich auf die Treppe. Nackte Betonstufen führten hinauf. Die Wände waren rauh und stahlbetongrau.

„Wohntürme stehen schwarz und stumm", murmelte Tom. „Im Winde klirren die Rohre."

„Was ist?" fragte Henry.

„Nichts."

Das klang wie zwei Zeilen von Hölderlin *(deutscher Dichter)*, dachte Locke. Aber Tom hat's abgeändert.

Stufe um Stufe ging es hinauf. Tom war athletisch und bewältigte den Aufstieg spielend, trotz der gefesselten Hände. Ab vierter und fünfter Etage spürte Locke die Anstrengung. Ihr Herz hämmerte. Alle Pulse rasten. Sie atmete mit geöffnetem Mund, und ihr Gesicht glühte.

Blauauge keuchte zwar, fand aber Geschmack an dem Aufstieg. Ihm blieb noch genügend Luft, um seinem Komplicen zu erklären, wie gut das für die Fitness sei.

„Ach, halt doch die Klappe!" Henry röchelte. „Das. . . verdammt! . . . ist nichts . . . für . . . meine Raucherlungen."

„Man hört's!" meinte der andere.

Lockes und Toms Schatten geisterten über die Wände. Unter ihren Sohlen knirschten Steinkrümel und Sand. Zwischen den kahlen Mauern hallte jeder Laut.

Unsere Leute werden sich Sorgen machen, dachte Locke. Aber jetzt noch nicht. Erst nachher, wenn sie heim kommen und merken, daß wir nicht da sind. Das gibt Aufruhr. O weh!

Ab achter oder neunter Etage verlangsamte sich das Tempo merklich.

Locke spürte schon jetzt den Muskelkater in ihren schlanken Schenkeln. Ihr Hals war wie ausgetrocknet. Durst machte sich bemerkbar.

Irgendwann war der Aufstieg zu Ende. Tom verhielt den Schritt. Blauauge leuchtete eine Stahlluke an. Sie war eingelassen in die Betondecke über ihnen. An der Luke endete die Treppe.

Blauauge gab seinem Komplicen die Lampe, trat an Locke und Tom vorbei und öffnete die Lukenverriegelung.

„Hier", er schnappte nach Luft, „ist das Ding. . . schon eingebaut. Damit's nicht reinregnet. In den andern. . . Kästen . . . sind noch keine."

„Du. . . warst. . . tatsächlich. . . schon mal hier?"

Henrys Atem pfiff ums hohe C und hielt sich dort auf.

„Sage ich doch!"

„Warum, Martin?"

Martin, aha! dachte Locke. Henry und Martin! Eigentlich leichtsinnig, wie die uns mit Auskünften versorgen. Ob sie mir auch die Telefonnummer verraten?

„Habe hier oben einen ganzen Tag zugebracht." Martin, der Blauäugige, lachte. „Mit Sonnenbaden. Aber nachts ist es nicht so gemütlich. Außerdem hatte ich dafür gesorgt, daß die Luke offen bleibt."

Mit einer Stahlstange stemmte er sie hoch. Sternenhimmel wurde sichtbar. Die Luke kippte zur Seite, aber ihre Scharniere ließen nicht zu, daß sie aufs Dach klappte. In stumpfwinkliger Schräglage rastete sie ein.

„Raus mit euch!" befahl er.

„Und was dann?" fragte Tom. „Sollen wir dort oben verhungern?"

„Stell dich nicht so an! Sobald es hell wird, könnt ihr euch bemerkbar machen. Ihr könnt rufen und winken. Ist hier doch nicht am Ende der Welt."

„Aber fast!" sagte Locke. „Wer soll denn hierher kommen? Kein Aas. Oder meint ihr, die Rundfahrten zur Stadtbesichtigung führen hier vorbei?"

Martin lachte. „Keine üble Idee. Und jetzt raus!"

Er stieß Tom die Hand gegen den Rücken. Tom stolperte,

139

fuhr herum und ließ das linke Bein wie eine Ramme vor-
schnellen.

Es geschah blitzartig. Ein hoher Tritt. Ein, höchstens zwei
Zentimeter vor Martins Gesicht rastete der Mae-Geri-Ke-Age
ein.

Martin prallte zurück. Aber das wäre viel zu spät gewesen,
hätte Tom ernst gemacht.

Er stand bereits wieder auf beiden Füßen und lächelte kalt.

„Hätte ich den Tritt durchgezogen, säßest du jetzt eine
Etage tiefer, Dreckskerl — aber mit gebrochenem Kiefer,
klar? Brauchst dich nicht zu bedanken für meine Rücksicht-
nahme. Wenn wir uns wiedersehen, kriegst du die Rech-
nung."

Zu Locke sagte er: „Komm! Vielleicht gefällt uns das
Penthouse *(Haus auf dem Flachdach eines Hochhauses)*.

Hinter Locke ertönte ein metallisches Geräusch. Sie sah
sich um.

Henry hielt sein gefährliches Messer in der Hand, ein
Schnappmesser. Offenbar hatte er es sofort aus der Tasche
gerissen, und auf Knopfdruck war die Klinge hervorge-
schossen.

„Hättest du *mich* angegriffen", sagte er durch die Zähne,
„wäre deine Freundin mein Schild gewesen."

„Ich weiß", sagte Tom, „oder weshalb, glaubst du, folge
ich euren Anweisungen."

Locke stieg vor ihm aufs Dach. Wind wehte und ließ ihren
Rock flattern. Aber der Wind war lau. Er orgelte um zwei ge-
mauerte Schornsteine. Das Dach war eben und ohne Begren-
zung. Ziegelsteine lagen herum, dünne Rohre und Bohlen.

Tom trat neben sie.

„Tolle Aussicht", sagte er.

„Aber ich vermisse das Penthouse."

Sie wandte sich um und sah, wie Martin mit der Stahlstange die Luke schloß. Krachend fiel sie in ihren Stahlrahmen.
Metall kratzte auf Metall: Das war die Verriegelung.

140

„Eingesperrt", sagte Tom. „Nein, ausgesperrt. Das also hat er vorhin gemeint. Ist schon richtig. Himmel, Locke, so haben wir uns den Verlauf des Abends nicht vorgestellt."

Sie trat hinter ihn und tastete nach dem Riemen an seinen Handgelenken.

„Ist das ein Knoten! Den kriege ich nicht auf. Da brechen mir nicht nur die Nägel, da brechen mir auch die Finger ab. Wo ist dein Taschenmesser?"

Sie fand es in seiner linken Hosentasche, wo sich außerdem Taschentuch und Hausschlüssel befanden.

„Siehst du genug?" fragte er besorgt.

„Falls ich dir aus Versehen eine Hand amputiere, nimm's nicht persönlich."

„Und so eine behauptet, sie gehöre zum zarten Geschlecht."

Locke säbelte an dem Riemen herum und durchtrennte ihn schließlich, ohne Tom die Haut zu ritzen.

Er schüttelte Arme und Hände, schlenkerte sie, rieb die Gelenke aneinander und wartete, bis Gefühl und Leben in die tauben Gliedmaßen zurückkehrten.

„Es kribbelt. Schreiben könnte ich jetzt nicht. Auch keine Uhr reparieren. Aber ich könnte Ohrfeigen austeilen."

Wütend schlug er die Handkante gegen einen der Schornsteine.

Locke lehnte sich auf der windgeschützten Seite dagegen, verschränkte die Arme und blickte umher.

Silberlicht lag über der Ebene, in der Ferne das funkelnde Häusermeer der Stadt. Es war weit bis dorthin, unendlich weit.

Stille umgab sie. Nur der Wind fauchte, und er war nicht angenehm, denn der Aufstieg hatte sie erhitzt. Locke wußte: Es kann Folgen haben, wenn man mit durchschwitzter Kleidung im Wind steht.

Tom schritt das Dach ab und blickte auf allen Seiten hinunter.

142

„Ziemlich hoch", rief er ihr zu.

„Wie zwölf Stockwerke nun mal sind."

Sie ging zu ihm. Als sie am Abgrund stand, schauderte sie.

Nichts war da, was sich zwischen sie und den Sog in die Tiefe stellte — kein Geländer, keine Brüstung, keine begrenzende Mauer.

„Ich glaube, Tom, ich bin nicht schwindelfrei."

„Ich auch nicht." Er lachte.

Locke beugte sich vor. „Ist das der Wagen? Wie klein! Ein Spielzeugauto. Du, die sind noch nicht weg. Naja, runter geht's leichter, aber nicht unbedingt schneller. Was meinst du, wie lange müssen wir hier bleiben?"

„Weiß nicht. Hoffentlich nur die eine Nacht. Solange es dunkel ist, entdeckt uns keiner. Und wenn's hell wird — hm."

„Du kannst einem Mut machen. Wirklich, den Bogen hast du raus!"

„Wäre doch blöd, Locke, wenn wir uns Sand in die Augen streuen. Sobald es hell wird, versuche ich, die Luke zu öffnen. Das ist unsere einzige Chance."

„So ein Kack! Ich könnte mich schwarzärgern. Sieh mal, da hinten! Die Stadt! Mein Bett winkt. Mein gemütliches Zimmer! Mausi wartet. Ich könnte ein Glas Milch trinken und selig schlummern. Stattdessen schlage ich mir die Nacht um die Ohren, auf diesem zugigen Dach, wo man nicht mal weich sitzt. Und Durst habe ich auch".

„Nicht so sehr wie ich. Eure Ein-Meter-Salami war gesalzen. Hätte ich gewußt, daß ich jetzt auf dem Trocknen sitze, wäre ich zurückhaltender gewesen. Aber Gunter hat sie mir regelrecht aufgedrängt."

„Ach? Jetzt ist wohl mein Papi schuld?"

„Natürlich nicht. Keiner kann für die Umstände. Ich will nur sagen, daß ich Durst habe. Und das ist bekanntlich schlimmer als Heimweh. Also leide ich unter meinem Durst mehr als du unter der Sehnsucht nach deinem Bett leidest."

Locke lachte. „Spinner! Aber sieh mal hinunter! Könntest du das Auto treffen — mit einem der schönen, großen Steine, die hier liegen?"

„Glänzende Idee! Wir warten noch einen Moment, bis die beiden fast unten sind. Nochmal schaffen die den Aufstieg nämlich nicht. Und wenn doch, kommen sie so schlapp an, daß ich sie am Ausstieg einhändig fertigmache. Bin ja jetzt ohne Fessel. Und du könntest dich hinterm Schornstein verstecken."

„Vergiß nicht, dieser Martin hat eine Pistole. Paula hat's gesagt."

„Aber ob er die jetzt bei sich trägt. . ."

Gebückt sammelte Tom Ziegelsteine ein. Sechs Stück brachte er zur Dachkante. Locke fand zwei.

„Aber beug dich um Himmels willen nicht zu weit vor", warnte er. Nur die Steine sollen den Wagen treffen."

Er nahm den ersten Ziegelstein mit beiden Händen, hob ihn über den Kopf und warf.

Es war nicht leicht, denn das Sternenlicht täuschte, verkürzte Entfernungen, flimmerte und narrte. Mit Blicken ließ sich die Flugbahn des Steins nicht verfolgen. Aber Tom hatte Ball- bzw. Steingefühl, in diesem Fall, wie ein Weltklasse-Handballspieler.

Krachend schlug der Stein auf den Wagen. Blech dröhnte, und das war Musik in den Ohren der beiden. Weithin hallte der Lärm in der Stille der Nacht.

Irgendwo unten im Rohbau brüllten Stimmen.

„Phantastisch, Tom! Große Klasse!"

Locke warf, war aber zu hastig, Werfen ohnehin nicht ihre Stärke. Der Ziegelstein plumpste wirkungslos auf den Boden.

Tom erzielte den zweiten Treffer. Es klang, als schlage die Klamotte durchs Karosserieblech.

Sein dritter Wurf erwischte offenbar nur die Stoßstange, die dann wie eine Windharfe sang.

144

„Die Windschutzscheibe!" wünschte er sich. „Das wäre Spitze."

Der Volltreffer blieb ihm versagt. Aber er feuerte jetzt sozusagen aus allen Rohren, schickte hinunter, was das Flachdach an Zement- und Ziegelsteinen bot. Auf den dunklen Mercedes ging ein Geschoßhagel nieder, ein Steinschlag, als wäre Erdbeben in den Alpen. Und jeder Treffer wurde lautstark bejubelt. Locke tanzte umher und feuerte ihn an. Tom schrie jedesmal ‚Tor'! Und die beiden Ganoven, die jetzt sicherlich wie die Irren hinabstolperten, heulten vor Wut, was hier oben freilich nur wie ein Wimmern zu hören war.

Auch Locke traf zweimal, Tom noch siebenmal. Er wurde Schützenkönig, sie seine Königin. Dann hatten sie die Munition verschossen — bis auf eine einzige Klamotte.

Tom stand am Dachrand und äugte hinunter.

„Den kriegen sie aufs Haupt."

„Nein, Tom. Nicht! Es könnte sein, du triffst wirklich einen der beiden. Es sind Ganoven, ja. Sie haben uns mit dem Messer bedroht. Aber du willst doch nicht, daß einer tot auf der Strecke bleibt."

„Nein! Hast recht. Einen Stein aus der Höhe — da ist die Rübe weg. Aber der gute Stern auf allen Straßen kriegt's nochmal! Entschuldige, Auto! Gegen dich persönlich haben wir nichts, nur gegen deine Besitzer, Peng!"

Offenbar knallte der letzte Stein auf den Kofferraum, denn der Klang war heller, freundlicher, fast wie ein C-Dur-Akkord.

„Das ist kein Auto mehr", Locke lachte. „Das ist jetzt ein Schrotthaufen. Damit fallen sie auf, wenn sie ins Städtchen hineinfahren. Wie die das wohl erklären, wenn sie gefragt werden?"

„Mutwillige Beschädigung, werden sie behaupten. Wie das die Jugend von heute so treibt während ihrer Freizeit, sich selbst und andern zur Freude. Kennst doch die Sprüche.

Und wer nicht gerade 'ne gute Beziehung zu unsereins hat, der fährt voll darauf ab und findet wiedermal sichtbar bestätigt, wie schlecht wir doch sind."

„Aber denen haben wir's gegeben. Da sind sie."

Henry und Martin stürmten ins Freie. Aus der Vogelperspektive *(Perspektive = Aussicht)* sah man nur zwei Schatten, schwarze Flecke in der Dunkelheit. Sie flitzten, stolperten, rannten, als gelte es ihr Leben. Der eine sauste um den Wagen herum. Weiteren Geschoßhagel schienen sie nicht zu befürchten. Oder doch? Statt den Schaden zu besichtigen, warfen sie sich in ihr verbeultes Vehikel. Anscheinend ließen sich die Türen noch öffnen.

Der Motor wurde angelassen. Die Scheinwerfer blieben dunkel. Man wollte kein Ziel bieten. Im Rückwärtsgang rumpelte der Wagen aus der Gefahrenzone hinaus. Mit Getöse überfuhr er Blecheimer und anderes Gerümpel. Erst als der Fahrer sich sicher dünkte, schaltete er die Scheinwerfer ein.

Der Wagen wendete und fuhr zur Stadt.

Lange konnten die beiden seinen Weg verfolgen.

„Also", sagte Locke. „Rache ist süß. Aber ein Löffel Honig wäre mit lieber. Was meinst du, werden die uns anzeigen wegen Sachbeschädigung?"

Tom lachte. Er hatte sich vorgenommen, Zuversicht auszustrahlen. Irgendwie mußten sie die Nacht durchstehen, was eine hübsche Halbzarte sicherlich stärker belastete als ihn, einen Heranwachsenden auf der Schwelle zum Mann.

„Und nun?" Locke strich sich über die Haare, in denen der Nachtwind spielte.

„Wir üben uns in Geduld."

„Das fällt mir schwer. Aber wenn wir die Sterne zählen, vergeht die Zeit schneller."

Sie sah auf ihre Uhr, aber die war so klein, daß sie nichts erkennen konnte. Toms Chronometer hatte ein anderes Format.

„Soeben war es null Uhr zwanzig", verkündete er. „Hier ist das dritte Programm. Wir setzen unsere Sendung Pop nach Mitternacht fort. Hallo, Fans! Hier ist die brandneue heiße Scheibe von eurer Gruppe, den. . ."

„Tom, bitte mach das Radio leiser! Ich will jetzt schlafen."

„Selbstverständlich! Darf ich dir meine Schulter als Kopfkissen anbieten?"

„Nur, wenn du vorher die Knochen rausnimmst. Ich liege gern weich. Wann wird's eigentlich hell?"

„Zwischen vier und fünf, vermute ich. Wird toll aussehen — der Sonnenaufgang. Einfach umwerfend von hier oben. Ich freu mich schon drauf. Daß wir das bloß nicht verpassen."

„Das habe ich mir immer gewünscht. Den Sonnenaufgang mal erleben auf dem Dach eines Hochhauses, über dem zwölften Stock, mindestens. Und jetzt, Tom, geht's in Erfüllung. Das ist ja wie Weihnachten."

„Gott sei Dank schneit's nicht!"

„Es ist aber trotzdem scheißkalt." Locke vergaß, daß sie mal eine Dame werden wollte.

Sie setzten sich nebeneinander: an die windgeschützte Seite des breiteren Schornsteins. Tom legte den Arm um ihre Schultern, und sie schmiegte sich an ihn. Er streichelte ihren nackten Arm und entschuldigte sich, weil sein T-Shirt so verschwitzt war. Sie lehnte den Kopf an seine Brust und meinte, das wäre doch egal — morgen könnten sie duschen. Ihr Haar fiel wie ein Vorhang über seinen Hals. Er küßte ihre Wange und schlang auch den anderen Arm um sie.

Er wärmt mich so gut, dachte sie. Er ist wirklich prima, der tollste Freund, den man sich denken kann. Ohne ihn wäre es hier nicht auszuhalten. Mit ihm ist es gar nicht so schlecht. Wenn ich nur ein Glas Milch hätte! Und mein schöner Hut ist auch kaputt. Ach, Tom! Wenn du mich so festhältst, ist das fast wie ein Federbett.

Sie wurde schläfrig.

Vier Stunden noch, mindestens, dachte er, kann ich sie so im Arm halten. Viel zu kurz! Tage müßten es sein. Wie zart ihre Haut ist. Wie frisch sie duftet. Ihr Haar fühlt sich seidig an. Und ihre Gestalt ist wie. . . ja, wie Filigran *(Schmuckstück aus feinstem Gold- oder Silberdraht)*. Locke, du weißt gar nicht, wie bezaubernd du bist. Und dir ist es egal, daß die Jungs dich anhimmeln. Jeder in der Schule würde gern mit mir tauschen, aber eher ließe ich mich in Stücke hacken. Verdammt, die ersten fünf Minuten sind um. Die Zeit rast ja förmlich. Und nachher der Sonnenaufgang. . . hm, wenn sie tief schläft, werde ich sie nicht wecken, sondern ihren Schlaf bewachen, wie sich das gehört.

Ihre Atemzüge, sanft und ruhig, zeigten, daß sie eingeschlummert war.

Tom hielt sie fest und sah zu den Sternen hinauf.

10. Unter Einsatz des Lebens

1.07 Uhr.

Mike kehrte heim. Er fuhr langsam, mit wenig Gas, um unnötiges Gedröhn zu vermeiden, damit die Nachbarn ihm gewogen blieben.

Er lenkte die schwere Maschine in die Einfahrt. Das Scheinwerferlicht stach in die geöffnete Garage. Papas Saab fehlte. Klar. Gunter und Helga — wenn die auf Nachteulen machten, dann aber richtig. Saßen bestimmt noch in der Tiffanys-Bar.

Mike überlegte, ob er dort noch vorbeischauen sollte, kam aber zu dem Schluß, daß es wohl trampelig wäre, das junge Glück der verliebten Elternteile zu stören. Außerdem war er müde.

Erst als er seine Maschine abstellte, fiel ihm auf, daß Lokkes Mofaroller fehlte.

Heh! Er starrte in die leere Ecke, rieb sich die Augen, ging in den Vorgarten, sah sich um — ergebnislos, furchte die Stirn und schloß die Eingangstür auf.

Er sah auf die Schiefertafel. Nichts!

Hatte Locke ihren Roller woanders geparkt, Tom mitgegeben, hinten im Garten gelassen? Oder hatten Diebe den kostbaren Feuerstuhl mitgenommen?

Leise öffnete er die Tür ihres Zimmers.

Es war dunkel, die Jalousie geschlossen.

Er horchte auf Atemzüge. Aber nur aus dem Mausekäfig drangen Geräusche. Mausi trainierte auf ihrer Tretmühle — zu den unmöglichsten Zeiten, ohne Rücksicht auf den Schlaf der zweibeinigen Zimmergenossin.

Mike huschte zu Lockes Bett, was er so ‚Huschen‘ nannte. Das überfüllte Jungmädchenzimmer ließ Lautlosigkeit bei blindem Umhertappen nicht zu. Er warf einen Stuhl um, der an der Stelle noch nie gestanden hatte, stieß sich das Schienbein an einer Tischkante und fluchte.

Spätestens jetzt hätte sie ihn anfauchen müssen, ob der unerhörten Ruhestörung durch ihren unleidlichen Bruder!

Er machte Licht.

Das Bett war unbenutzt, nicht mal aufgeklappt.

„Nur keine Panik, Mike!" sagte er laut. „Tom ist ja bei ihr."

Er rannte in die Diele, zum Telefon riß den Hörer ans Ohr, wählte die Conradi-Nummer und hörte das Läuten, wieder und wieder. Niemand hob ab.

Also war auch Tom nicht zu Hause!

1.11 Uhr! Mike sah seine Uhr an, als könnte die Auskunft geben. Dann suchte er die Tiffanys-Nummer aus dem Telefonbuch, zögerte, überlegte und entschied, daß die Verantwortung für ihn einfach zu groß sei. So ging's nun mal nicht. Knapp 15, knapp 16 und die halbe Nacht, ‚außerhäusig', ohne den geringsten Hinweis, wo sie sich aufhielten — nein! Das war kein Petzen, wenn er Gunter und Helga verständigte. Wußte man bei dem kühnen Pärchen doch nie, welcher Gefahr es gerade trotzte. Zur Zeit forschten die beiden der Terror-Bande nach, um den Söckls — Vater Heinz und Tochter Paula — zu helfen, weil Hilfe, wie sie — Locke und Tom — meinten, nötig sei. Zum Henker!

„Tiffanys-Bar", meldete sich eine dunkle Frauenstimme.

„Hier ist Michael Rehm. Ist mein Vater noch da — Gunter Rehm?"

„Aber ja, Mike", kam die freundliche Antwort. „Ihr Vater und auch Frau Dr. Conradi — Augenblick!"

Er wartete, überlegte, welche der drei Tiffanys-Bardamen das eben gewesen sei, und trommelte mit den Fingern an die Wand.

„Mike?" Es war Gunter.

„Ja. Du, Locke ist nicht da."

„Nicht. . . wie, nicht zu Hause?"

„Nicht zu Hause. Ihr Roller ist auch nicht da. Hab schon bei Tom angerufen. Aber der meldet sich nicht."

„Wollten denn die beiden noch weg?"

151

„Zu mir haben sie nichts gesagt. Ich bin ja nach dir gegangen. Da waren sie noch in Lockes Zimmer und haben ganz friedlich Schach gespielt. Auf der Tafel steht nichts."

„Wie spät ist es — oh! Ziemlich ungewöhnlich, daß die beiden so lange wegbleiben. Aber bei Lockes ungewöhnlichen Ideen ist alles möglich."

„Vielleicht kommen sie gleich."

„Wir sitzen hier mit Stadtrat Müller und Dr. Feileisen. Ist der neue Chef vom Unfallkrankenhaus. Jedenfalls — ich bringe jetzt Helga nach Hause, und dann werden wir ja sehen, ob Tom inzwischen zurück ist."

Zwanzig Minuten später stoppte Gunter seinen Saab vor dem Haus seiner Lebensgefährtin.

Helga hatte ihr blondes Haar hochgesteckt, trug ein türkisgrünes Cocktail-Kleid und eine rostbraune Seidenstola. Sie sah hinreißend aus. Die Komplimente, die man ihr an diesem Abend gesagt hatte, hätten ein Poesie-Album gefüllt. Auch Gunter war mit zwei, drei Schmeicheleien dabei, was mehr zählte — in Helgas Augen — als alle andern.

„Die Garage ist geschlossen", sagte sie. „Das bedeutet aber nichts. Tom schließt sie immer."

Sie gingen ins Haus.

Nicki empfing sie in der Diele und sprang — außer sich vor Freude — an ihnen hoch, um die Gesichter zu lecken.

Lachend wehrte Helga ihn ab. Sie mußte ihr Kleid retten, diesen Hauch von einem Stoff, den Nickis Pratzen wie Spinnweben zerrissen hätten.

Zu dritt liefen sie die Treppe hinauf in Toms Zimmer.

„Das beunruhigt mich."

Helga hatte Licht gemacht, blickte auf die Unordnung und das leere Bett.

„Offensichtlich ist er gar nicht hier gewesen", sagte Gunter.

„Offensichtlich nicht! Himmel, wo können die beiden stecken? Bei Freunden? Bekannten? Bei Klassenkameraden?

152

Haben sie etwa Mit-Ha zu Hause besucht, um. . . Ach, Unsinn! Wo forschen wir jetzt nach?"

„Mir fallen auf Anhieb 30 Adressen ein." Gunter bewegte zählend die Finger. „Dort anrufen? Jetzt? Wäre Zeitverschwendung. So ein Vorhaben hätte Locke auf der Tafel vermerkt." Günter dachte nach:

„Nein, Liebling! Unsere Kinder jagen auf heißer Fährte. Ich kriege noch graue Haare."

„Die hast du zum Teil schon. O Gott!"

„Ist doch kein Unglück, die paar grauen Haare!"

„Mach jetzt keine Witze! Du weißt, daß ich die beiden meine. Wo sind sie? Was ist mit ihnen? Ach, Gunter!" Für zwei Sekunden klammerte sie sich an seinen Arm. „Wenn die Kinder nun. . . Du sagtest doch, daß sie der Terror-Bande nachspüren?"

Er strich ihr übers Haar. „Ich wußte nicht, verdammt!, daß sie's damit so eilig haben. Aber ich hätte es wissen müssen."

„Wir müssen sie suchen."

„Ja."

„Aber wo?"

Gunter überlegte. „Ich kenne mein Töchterlein. Bestimmt hat sie jetzt den Ehrgeiz, die beiden Schmuckräuber aufzuspüren: diesen südländischen Typ namens Henry und den andern, den sie Blauauge nennen."

„Wie wollen sie die denn finden?"

„Es ist unmöglich, ich weiß. Aber Locke würde das nicht glauben. Mit Tom zusammen hat sie vor nichts Angst. Die beiden — man muß zugeben, tüchtig sind sie. Tüchtig und unermüdlich."

„Ob es einen Anhaltspunkt gibt, den sie der Polizei verschwiegen haben?"

„Das glaube ich nicht, Liebling. Die sind auf eigene Faust losgezogen — so, wie sie es sich denken."

„Wohin?"

„Keine Ahnung. Wo sucht man Ganoven?"

153

„Die wimmeln doch überall rum." Sie lächelte kläglich. „In allen Berufen, Behörden, Ämtern, Gremien (*Gremium = Körperschaft),* Clubs, Vereinen und . . ." ,

Sanft unterbrach er sie. „Über diese Erkenntnis aufgrund von Lebenserfahrung verfügen die beiden noch nicht. Locke und Tom — da wette ich — siedeln Ganoven in der Unterwelt an. Dort werden sie suchen."

„Unterwelt? Was ist das? Die U-Bahn?"

„Ich denke eher ans Bahnhofsviertel oder. . . ja, noch besser — ans sogenannte Vergnügungsviertel. Henry und Blauauge sind dort bestimmt nicht, aber vielleicht stöbern Locke und Tom in Kneipen und Bars herum."

Helga wandte sich zur Treppe.

„Wir nehmen Nicki mit. Auch als Fährtenhund ist er unübertroffen."

Nicki wunderte sich, daß es zu nachtschlafender Zeit nochmal gassi ging, war aber sehr damit einverstanden. Im Vorgarten hob er das Bein. Dann sprang er auf die Rücksitze des Saab.

„Wir holen Mike ab", sagte Gunter. „Sechs Augen sehen mehr als vier. Bei Nicki überwiegt ja die Nase."

Mike war aufgeregter als vor einem Fußball-Match *(Spiel),* bei dem sein Verein,, der FC Eintracht, alle Hoffnungen auf ihn als Libero setzt.

„Nein, nichts!" sagte er gleich. „Auch kein Anruf. Mir ist ganz flau vor Sorge."

Er stieg zu Nicki ein, der ihn begeistert begrüßte.

Wenig später fuhren sie die gleiche Strecke ab wie Locke und Tom Stunden zuvor.

In dem halbseidenen Viertel hinter der Michaelis-Kirche war noch immer Betrieb. Freilich mischten sich jetzt — lange nach Mitternacht — mehr miese Typen ins Publikum als am frühen Abend.

Sie spähten hinaus, die drei, entdeckten auch viele Jugendliche, die die Freitagnacht zum Volksfest machten, aber keine Spur von Locke und Tom. Nicki wachte und knurrte warnend, wenn ein Typ dem Wagen zu nahe kam.

Die drei wußten, daß ihre Aktion wenig Sinn hatte. Aber es war besser als nichts zu tun. Keiner hätte Schlaf gefunden; und die Frage, ob man die Polizei bereits einschalten solle, wurde langsam aktuell.

Jetzt suchten sie die Nebenstraßen ab.

In der Belgrader Straße sah Gunter eine Telefonzelle, schräg gegenüber einer Bar, die sich *Longdrink* nannte.

„Ich ruf rasch mal zu Hause an", sagte er. „Vielleicht sind sie inzwischen zurück."

Er hielt neben der Telefonzelle.

„Schatz!" Helgas Stimme jubelte. „Die beiden Motorroller dort! In der Einfahrt! Das sind ihre! Natürlich!"

Einen Moment später standen sie bei den Feuerstühlen und überzeugten sich, ja, zweifellos, Lockes Roller, Toms Roller dösten hier in der Sommernacht. Die Motoren waren kalt wie nach stundenlangem Parken.

„Wir haben mehr Schwein als Verstand", stellte Mike respektlos fest.

Helga streichelte die beiden Lenker und hatte ein strahlendes Lächeln aufgesetzt, das aber in sich zusammenfiel — im nächsten Moment.

„Gunter, hier ist was passiert! Locke und Tom sitzen doch niemals in irgendeiner Bar."

„Nein, bestimmt nicht." Gunter sah sich um, richtete den Blick aufs *Longdrink* und dann die Straße hinauf. Vor einem Weinlokal hatte ein Bettler Stellung bezogen, ein kleiner Kerl mit schiefem Frettchengesicht. Ein Schild, das Auskunft gab über seine Nöte, lehnte neben ihm an der Wand. Offenbar hoffte der Typ auf angeheiterte Gäste, denen zu später Stunde das Portemonnaie locker saß.

Mike hatte Vaters Blick aufgefangen und marschierte schon ab.

„Ich frage mal."

155

Als er den Bettler erreichte, las er, was auf dem Schild stand: ICH HABE HUNGER!

„Na, wie geht das Geschäft?" Mike zog einen Zehn-Mark-Schein aus der Tasche.

„Schlecht, schlecht!" jammerte der Kerl. „Ist kein Mitleid mehr unter den Menschen." Er schielte auf die Banknote. „Was soll ich 'n machen dafür?" Er hatte begriffen.

„Es geht nur um eine Auskunft. Wir suchen zwei Jugendliche, ein hübsches Mädchen, etwa 15, mit langem, dunklen Haar und großem Strohhut. Und einen etwas älteren Jungen. Er ist blond und athletisch. Ihre Motorroller stehen dort in der Einfahrt."

„Die beiden habe ich gesehen", nickte der Schnorrer. „Aber das ist zwei oder drei Stunden her."

„Du hast sie gesehen?"

„Klar. Die waren im *Longdrink*, aber nur kurz. Waren dann auf dem Hofparkplatz. Sah dann, wie sie in dem Wagen wegfuhren."

„In einem Wagen?" fragte Gunter. Er und Helga waren herangekommen.

„In 'nem schwarzen Mercedes", antwortete der Bettler. „Fuhren weg mit zwei Männern, glaube ich. Ja, zwei Männer waren das. Der eine fuhr. Neben ihm saß der Junge. Das Mädchen und der zweite Mann hockten hinten."

„Wie sahen die Männer aus?" Gunter sprach ruhig, hatte seine Stimme im Griff.

„Weiß nicht! Keine Ahnung! Darauf habe ich nicht geachtet."

Der Bettler mußte an sich halten, um nicht nach dem Geldschein zu schnappen.

„Aber das Kfz-Kennzeichen weißt du?" forschte Gunter.

„Nee! Wirklich nicht. Kriege ich jetzt den Schein?"

Er erhielt ihn, dankte artig, stand auf und sagte, das wär's dann für heute, nun könnte er Schluß machen und noch in Ruhe ein Bier trinken.

Helga und die beiden Männer gingen zum Wagen zurück. Gunter sprach aus, was alle dachten.

„Schlimm! Die Kinder sind offenbar auf die Ganoven gestoßen, aber nicht mit ihnen fertig geworden. Es sieht verdammt nach Entführung aus. Wahrscheinlich sind die Ganoven bewaffnet. Nehmen wir an, einer hat sich Locke gegriffen und sie mit der Waffe bedroht. Dann mußte Tom stillhalten. Weil die beiden getrennt saßen, einer vorn, einer hinten im Wagen — deshalb ist es vermutlich so gelaufen. Tom konnte nichts machen. Sein Widerstand hätte Locke gefährdet."

„Sie. . . werden ihnen doch nichts antun." Helgas Stimme zitterte.

„Das wäre hirnverbrannt. Aber um sich vor Entdeckung zu schützen, müssen sie die beiden Zeugen ausschalten. Wir verständigen die Kripo. Die wird feststellen, ob Henry und Blauauge im *Longdrink* waren, beziehungsweise, ob sie dort bekannt sind."

Gunter trat in die Telefonzelle und rief beim Präsidium an. wo er mit einem Kommissar verbunden wurde, der Nachtdienst hatte und den er gut kannte. Wenig später trafen der Kripo-Mann und ein Kollege ein. Sie wußten Bescheid über den Schmuckraub bei Funkelstein, wußten auch, welche Rolle Locke und Tom dabei spielten.

Gunter berichtete, wie jetzt die Situation stand.

Im *Longdrink* befragten die Kriminalbeamten das Personal, was wenig Zeit beanspruchte.

„Sie waren drin, die beiden", berichtete der Kommissar dann, „vor etwa zweieinhalb Stunden. Haben angeblich ihren Vater gesucht, jemanden mit einem unaussprechlichen Doppelnamen. Weil die Mama ein Baby bekommen hätte und der Papa schon irgendwo rumsumpfe. Das war natürlich eine Ausrede. Umsehen wollten sie sich. Vielleicht hatten sie einen Tip erhalten, Henry und Blauauge wären im *Longdrink*. Mehr weiß der Kellner nicht. Er kennt auch niemanden, der wie Henry oder Blauauge aussieht. Das kann man glauben oder auch nicht. Jedenfalls bringt es uns keinen Schritt weiter."

„Aber es muß was geschehen!" Helga sah besorgniserregend blaß aus.

„Wir kurbeln die Suche an", nickte der Kommissar. „Über die Zentrale verständigen wir sämtliche Streifenwagen. Außerdem erfolgt eine Suchmeldung über den Rundfunk. Dazu brauchen wir eine genaue Personenbeschreibung."

Er sah Gunter an. „Machst du uns die?"

Später, als es nichts mehr zu tun gab, fuhr Helga mit Nicki zu den Rehms. Gunter und Mike brachten die Motorroller. Bedrücktes Schweigen herrschte, als alle im Wohnraum saßen und darauf lauerten, daß das Telefon läute. Aber es blieb stumm.

Helga kochte starken Kaffee für sich und die Männer. Dann hieß es warten, warten, warten. Nur Nicki war zufrieden. Er legte sich seinem Frauchen zu Füßen und schlief.

Locke erwachte. Verwirrt blickte sie um sich. Morgendämmerung zog im Osten herauf. Die Luft war kühl. Tau hatte sich auf dem Betonboden niedergeschlagen. Sie fröstelte.

Tom lag dicht neben ihr und schlief. Ihr Kopf ruhte an seiner Schulter. Sie hob den Arm und sah auf die Uhr. 4.02 Uhr. Sehr früh − eigentlich noch mitten in der Nacht.

Tom seufzte im Schlaf. Sie kuschelte sich an ihn und schloß die Augen. Im nächsten Moment schlief sie abermals ein.

Als sie zum zweiten Mal erwachte, beugte er sich über sie.

„Entschuldigung!" murmelte er. „Wollte dich nicht wekken."

„Macht doch nichts! Morgen, Tom!"

„Morgen, Locke!"

Er zögerte einen Moment, dann küßte er sie auf den Mund.

„Selbst mit ungeputzten Zähnen schmeckst du frisch", stellte er fest.

„Ein Tag, der mit so einem Kompliment beginnt, muß gut werden."

Sie stand auf, streckte sich, klopfte ihren Rock ab und fuhr mit beiden Händen in die dichte Mähne. Zehn Finger mußten den Kamm ersetzen.

„Jetzt haben wir den Sonnenaufgang verpaßt", bedauerte sie.

„Wie spät ist es denn?"

„Viertel nach sechs!" Auch er streckte sich, als wollte er den wolkenlosen Himmel berühren.

Locke blickte zur Stadt. Jetzt, bei Tageslicht, schien sie nicht mehr so fern zu sein. In der Ebene waberte Dunst. Die Berge im Süden wirkten schwarz und steif wie Kulissen. Wohin sie auch sah − ob über Wiesen und Felder oder den Wald am Horizont −, überall war die Aussicht grandios *(großartig).*

Das Frühstück fiel aus.

Stattdessen gingen sie am Dachrand entlang und äugten hinunter. Aber keine Menschenseele zeigte sich.

„Jetzt breche ich die Luke auf."

Tom kniete nieder und untersuchte das Stahlblech. Fugenlos ruhte die Luke im Rahmen. Es gab zwar einen Ring auf der Außenseite. Er packte ihn und zog aus Leibeskräften. Aber damit verschwendete er nur seine Kraft. Es war aussichtslos.

Mit der Klinge seines Taschenmessers versuchte er, an den inseitigen Riegel heranzukommen. Aber die Klinge brach ab. Wütend schleuderte er das Messer gegen den Kamin.

„Hier kommen wir nicht raus. Elender Mist! Da werden die dünnsten Wände errichtet, die klapprigsten Türen werden eingesetzt und Böden, auf die du nur vorsichtig treten darfst. Bruch und Schund sind nur andere Worte für Wohnungsbau. Aber hier, auf dem Dach, da müssen sie eine Stahlluke einbauen, als wäre darunter die Bundesbank."

Sie sah, wie mutlos er war. Verzagtheit überfiel sie.

Wenn ich wenigstens duschen könnte, dachte sie, und ein Glas Milch hätte – dann wäre alles leichter zu ertragen.

Sie kämpfte die aufsteigenden Tränen zurück, atmete tief und hob ein Eisenrohr auf.

„Ob wir die Luke zertrümmern können?"

Tom drosch auf sie ein, daß es klang wie in einer Kesselschmiede. Aber die Luke rührte sich nicht, zeigte nur ein paar Kratzer.

„Auf diesem Weg geht's also nicht!" Er schleuderte das Rohr über den Dachrand.

„Dann machen wir uns bemerkbar, sobald jemand in die Nähe kommt."

„Das kann morgen sein, nächste Woche oder vorläufig nie."

„Sei nicht so trübsinnig! Vielleicht entdeckt uns ein Polizeihubschrauber oder der Pilot eines Sportflugzeugs."

„Oder ein Düsenjäger der Bundeswehr." Tom lachte. „Mit dem kämen wir wenigstens rasch nach Hause. Also, rumsitzen werde ich nicht, Locke. Ich seile mich ab."

Er ging zu dem zweiten Kamin. Dort lag eine Kabelrolle: dickes Kabel, Telefonkabel — vermutlich.

Tom faßte ein Ende, hielt es fest und schleuderte den aufgerollten Rest übers Dach, wobei sich das Kabel auf volle Länge streckte. Das andere Ende verschwand über den Dachrand. Hand über Hand holte er das Kabel ein.

„Etwa 30 Meter, Locke. Das genügt."

„Du willst doch nicht ernsthaft den Alpinisten *(Bergsteiger)* spielen?"

„Doch."

„Ich denke, du bist nicht schwindelfrei."

„Dafür wird 's schon reichen. Wenn mir übel wird, mache ich die Augen zu."

„Ich gestatte auf keinen Fall, daß du irgendwelche Kletterkunststücke aufführst!"

„Komm mit!"

Er führte sie zum Dachrand. Neben ihm mußte sie sich auf den Bauch legen. Vorsichtig schob er den Kopf über den Rand.

Die Tiefe gähnte sie an, eine grausige Tiefe. Locke spürte Kribbeln auf dem Rückgrat, und der Abgrund schien mit unsichtbaren Händen nach ihr zu greifen.

„Sieh mal!" sagte Tom. „Das Dach ragt nur einen halben Meter über die Hauswand hinaus. Unter uns sind die Fenster — vielmehr die Fensterhöhlen der zwölften Etage. Man kann sie erreichen. Und zwar so: Ich befestige das Kabel am Schornstein, lasse mich hier hinunter, schwinge am Kabel, bis ich den Fenstersims fassen kann — na, und dann bin ich schon so gut wie drin. Von innen öffne ich die Luke, und meine Locke ist frei."

„Kommt nicht in die Tüte!" sagte sie.

„Was?"

„Wenn das Kabel reißt. . ."

„Das reißt nicht", unterbrach er, „da könntest du 20 von meinem Format dranhängen."

„Na, schön! Mag das Kabel halten. Aber du könntest abrutschen. Glatter Wahnsinn! Nein!"

„Locke, wir haben keine andere Wahl."

„Wir können warten."

„Ich warte nicht."

Als sie aufstand, hatte sie Tränen in den Augen. Ihr schmaler Fuß stampfte auf den Betonboden.

„Ich will nicht, daß du abstürzt."

„Ja, glaubst du, ich beabsichtige Selbstmord? Ich schaffe es, bestimmt."

Er trat zu dem nächsten Schornstein, umschlang ihn mit dem Kabel und versuchte, es zu knoten. Das mißlang. Es war zu steif.

„Dann nehme ich 's doppelt."

Er legte zwei Schlingen um den Schornstein, zog die freien Enden gleichlang, flocht sie mehrfach umeinander und ließ das Ende des Doppelseils, vielmehr: Doppelkabels, über den Dachrand hängen.

Mit dem Rücken zum Abgrund kniete er nieder. Er faßte das Kabel und sah Locke an.

„Bitte, mach nicht so ein Gesicht, als wenn du mich zum letzten Mal lebend siehst."

Sie bückte sich und küßte ihn auf den Mund. „Gib acht, daß du dich nicht verletzt."

Er grinste. „Zum Frühstück sind wir zu Hause. Länger halte ich 's auch gar nicht mehr aus — so einen Hunger habe ich. Bis gleich dann, an der Luke."

Mit beiden Händen packte er das Kabel. Langsam ließ er sich über den Rand gleiten. Lockes Herz blieb fast stehen. Das Kabel scheuerte auf der Betonkante hin und her. Beim Schornstein knirschten Mörtel und Ziegel, als sich das Kabel unter Toms Gewicht spannte.

Locke legte sich bäuchlings, schob sich vor bis zum Rand und sah hinunter.

Tom hing anderthalb Meter unter ihr. Mit nervigen Hän-

164

den klammerte er sich fest. An Hals und Schultern traten die Muskeln hervor. Er begann zu schwingen — wie ein Urwaldaffe an einer Liane *(Schlingpflanze)*.

Mörtel und Steinstaub rieselten von der Dachkante auf ihn hinab. Zwölf Stockwerke tief war Abgrund. Leere Luft war unter Tom, bodenloses Nichts.

Locke schloß die Augen. Ihr Magen schien sich zu heben. Dann zwang sie sich, nur auf Tom zu achten. Fast hätte sie aufgeschrien. Eben war er, unabsichtlich, ein Stück tiefer gerutscht. Dem Kabel fehlte Griffigkeit.

Wieder schwang er, indem er die Beine wie ein Pendel bewegte. Unterhalb des Fensters prallten seine Knie an die Wand. Er ließ das Kabel los, warf die Arme über den Sims und — glitt ab.

Lockes Herzschlag setzte aus. Gerade noch, daß sie den Schrei unterdrückte. Toms Arme schrammten über Stahlbeton. Im letzten Moment krallte er die Hände über den Sims. Er hing an der Wand. Vergebens suchten die Füße Halt. Langsam, um nicht vollends abzurutschen, zog er sich hoch. Er schob den Kopf über die Kante, stemmte sich in die Fensteröffnung hinein und zog die Beine nach.

Sie hörte, wie er keuchte. Aber jetzt war er drin und in Sicherheit, jetzt konnte nichts mehr passieren.

Sie robbte zurück, richtete sich auf und lief zur Luke. Kurz darauf hörte sie, wie er an der Verriegelung rumorte. Dann öffnete sich die Luke, und die beiden lagen sich in den Armen.

„Ich habe dich beobachtet, Tom. Ich bin fast gestorben vor Angst."

„Im Vertrauen: ich auch." Er grinste. Sein Gesicht war fahl. „Mir ist noch ganz übel. Eins weiß ich genau: Ein Alpinist werde ich nie."

„Muß ja nicht sein. Mein Held bist du auch so."

Sie ließen die Luke offen, stiegen Hand in Hand hinunter, und Locke spürte leichten Muskelkater in den Schenkeln.

Endlich kamen sie unten an.

Tom trat zur Hauswand und blickte prüfend hinauf.

„Wenn ich abgestürzt wäre, Locke, hätte ich genau hier ein Loch in den Boden gehauen."

Er grinste, war aber von Kopf bis Fuß mit Gänsehaut überzogen.

Wo letzte Nacht der Mercedes gestanden hatte, lagen haufenweise schwarze Lacksplitter.

„Die Karre muß aussehen, Locke! Ich würde sie gern sehen. Vielleicht haben wir das Glück."

Sie machten sich auf den Rückweg. Die Sonne stieg. Es wurde heiß — trotz früher Stunde. Über den Wiesen waberte die Luft. Sie folgten der schlaglochreichen Straße. Niemand begegnete ihnen. Nur einmal drehten sie sich um. Drohend und unheilvoll hoben sich die gigantischen Bauruinen vor dem Himmel ab. Aber die Bedrohung war vorbei.

Ein Stück voraus parkte ein Wagen. Über einen Feldweg trabte ein Jogger heran, ein Mann in mittleren Jahren mit ziemlich viel Speck auf den Rippen. Er trug rote Turnhosen und ein hellblaues T-Shirt, das jetzt dunkel war vom Schweiß.

Keuchend blieb er beim Wagen stehen. Während er sich mit einem Handtuch das Gesicht trocknete, sah er den beiden entgegen.

Sie grüßten, und Tom fragte, ob er sie mitnehmen könnte — zur Stadt. Es wäre sozusagen ein Notfall. Verbrecher hätten sie entführt und auf dem Hochhausdach ausgesetzt, von wo sie freilich entkommen wären — aus eigener Kraft.

„Waaas?" staunte der Mann. „Dann seid ihr Nina Rehm und Engelbert Conradi?"

Verblüfft sahen sie sich an.

„Die Polizei sucht euch", erklärte der Frühsportler. „Vorhin kam die Meldung im Radio. Hab 's zufällig gehört. Tja, die Beschreibung stimmt. Ihr seid 's tatsächlich. Ist ja ein dickes Ding. Steigt ein! Wohin darf ich euch bringen?"

Als sein Wagen schließlich vor der Rehmschen Adresse hielt, bedankten sich die beiden — und wollten ihn zum Frühstück einladen. Aber er hatte soviel Taktgefühl, darauf zu verzichten. Sie winkten ihm nach, als er abfuhr.

Locke wies zur Garage. „Fast ein Fuhrpark: Papis Auto, Mikes Maschine, dein ‚Hirsch' und mein Mofaroller. Das heißt, sie haben uns gesucht und unsere Feuerstühle entdeckt. Toll, was?"

„Klasse! Ich war überzeugt, wir würden die Roller nie wiedersehen."

„Übrigens, Tom, habe ich mir vorgenommen: Ich fahre jetzt nur noch mit Sturzhelm."

„Wirklich?"

„Bestimmt! Der Traum ist schuld. Heute nacht habe ich nämlich geträumt, ich wäre gestürzt. Henry und Martin haben mich mit dem Wagen gejagt, und da bin ich aus der Kurve geflogen. Im Traum habe ich gespürt, wie hart der Anprall war."

„Gut, halten wir uns an die Vorschriften. Ab jetzt nur noch mit Helm. Aber was macht dann dein Strohhut?"

„Den nehme ich trotzdem mit. An einem Band auf dem Rücken. Am Ziel kann man ja die Kopfbedeckung wechseln, nicht wahr?"

Sie waren zur Haustür gegangen. Locke nahm den Schlüssel aus der kleinen Reißverschlußtasche an ihrem Rock.

Bevor sie aufschließen konnte, erklang freudiges Winseln hinter der Tür.

„Das gibt's doch nicht! Nicki ist hier."

Er sprang an ihnen hoch, wußte nicht, wen er zuerst begrüßen sollte, und schleckte wie toll.

Im Haus war es still. Die Tür zum Wohnraum stand offen. Leise traten sie ein.

Helga lag auf der Ledercouch, trug noch ihr Cocktail-Kleid, hatte sich mit der Seidenstola zugedeckt und schlief. Ihr Gesicht zeigte Erschöpfung. Gunter schlief in einem Sessel. Dunkle Ringe lagen unter seinen Augen. Mike hatte sich in einem anderen Sessel zusammengerollt, mit den Knien an der Brust. Er, der Sonnyboy und Frauentyp, schnarchte vernehmlich.

Locke legte einen Finger auf die Lippen.

„Wir machen ganz leise ein tolles Frühstück und decken den Tisch für alle", hauchte sie Tom ins Ohr. „Dann wecken wir sie."

Nicki begleitete das Pärchen in die Küche und erhielt ein paar leckere Brocken. Tom erwies sich als anstellig, röstete Toast und ließ den Kaffee durch die Maschine laufen.

Lautlos deckten sie im Wohnraum den Cocktail-Tisch, um den sich die Schlafenden gruppiert hatten. Morpheus *(griechischer Gott des Schlafs)* hielt sie fest in den Armen. Sie merkten nichts. Offenbar lag eine durchwachte Nacht hinter ihnen, und zusätzlich erschöpfte die Sorge.

Als der Kaffee eingegossen war, setzten sich die beiden an den Tisch.

Laut sagte Locke: „Ich glaube, Tom wir müssen allein frühstücken. Außer uns hat niemand Hunger."

Gunter fuhr hoch. Ruckartig richtete Helga sich auf. Mike unterbrach sein Geschnarche und blinzelte.

„Liebling", sagte Gunter — an Helgas Adresse, „habe ich Wahnvorstellungen — oder sind sie 's wirklich?"

„Kinder!" rief Helga. Sie schwang die Beine von der Couch, stürzte sich auf Sohn und künftige Stieftochter und drückte beide an sich.

„Bis jetzt, Locke, war 's leicht", murmelte Tom an der Schulter seiner attraktiven *(gut aussehend)* Mutter. „Aber das dicke Ende kommt."

11. Zwei Ganoven tauchen unter

Am frühen Vormittag trafen sie sich im Hinterzimmer des FRANCO: Martin Bisam, der Blauäugige, Henry Kunkel, sein Komplice, und Karl-Friedrich Ehrenhorn, der Chef der Terror-Bande.

Von Toffy, dem Kellner, ließen sie sich Cappucino *(italienischer Milchkaffee)* bringen. Bisam und Kunkel waren hundemüde, Ehrenhorn schleppte noch schwer an dem reichlichen Weingenuß von gestern. Er hatte rotgeränderte Augen. Und miese Laune.

Ärgerlich starrte er auf die vier großen Koffer, die am Tisch abgestellt waren.

„Vorhin am Telefon habe ich nur die Hälfte kapiert. Was war also?"

Bisam berichtete von den Ereignissen der Nacht. Kunkel verzog das Gesicht, als von dem zwölfstöckigen Aufstieg die Rede war. Ächzend knetete er seine Schenkel.

„Ihr seid doch die letzten Idioten!" Ehrenhorn verdrehte die Augen. „Es darf nicht wahr sein! Seid ihr also schon wieder mit den beiden zusammengerempelt. Ich glaube, beim dritten Mal schaffen sie euch."

„Es war bestimmt kein Zufall", maulte Bisam. „Die haben nach uns gesucht."

„Und jetzt? Auf dem Hochhausdach? Sollen sie da bleiben?"

Bisam grinste. Kunkel sagte: „Die werden nicht bleiben, sondern versuchen, irgendwie runterzukommen. Vermutlich über die Dachkante in die leeren Fenster. Dabei könnte es natürlich passieren, daß sie abstürzen. Das wäre dann ein Unfall, der uns nichts angeht; und ich glaube, keiner von uns würde sich in Tränen auflösen. Hm?"

Auch Ehrenhorn grinste. „Doch nicht so dumm, wie es anfänglich aussah. Wäre sogar eine elegante Lösung für uns. Die Polizei wird vermuten, die beiden wären hochgestiegen,

170

um ungestört zu sein — wie das nun mal ist bei junger Liebe, wo Romantik eine Rolle spielt und so eine Sternennacht auch. Allerdings — wie sind sie dorthin gekommen? Die Roller stehen doch noch in der Belgrader Straße, oder?"

„Verdammt!" murmelte Bisam. „Daran haben wir nicht mehr gedacht. Trotzdem! Es könnte ja sein, jemand hat das Pärchen mitgenommen. Ungeklärte Umstände gibt's überall mal."

„Und wenn sie nicht runterklatschen?" Ehrenhorn schlürfte seinen Kaffee.

„Ich weiß, worauf du hinauswillst", meinte Kunkel. „Der Wagen! Vielmehr das, was nach dem Bombardement noch übrig ist! Vielleicht haben sie sich das Kennzeichen eingeprägt. Zwar halte ich das für unwahrscheinlich, denn die Situation war nicht so, nicht beim *Longdrink* und nicht in Klein-New York, aber möglich wäre es doch — deshalb haben wir vorgesorgt!"

Er deutete auf die Koffer.

Ehrenhorn wußte: Der schwarze Mercedes war auf Bisams Namen angemeldet. Damit bestand für ihn und Kunkel höchste Gefahr. Also mußten sie untertauchen, die beiden.

„Wo ist der Schrotthaufen jetzt?"

„Du sagst es. Schrotthaufen. Also ist er auf dem Schrottplatz. Ausgeschlachtet, natürlich. Ohne Nummernschilder. Und gänzlich unauffällig inmitten der anderen Wracks. Abmelden werden wir ihn freilich erst in 'nem halben Jahr — vorausgesetzt, die Bälger wissen das Kennzeichen nicht. Himmel, sah die Karre aus! Habe mich fast geschämt, damit zum Schrottplatz zu fahren. Wir, Boss, verschwinden jetzt erstmal für einige Zeit von der Bildfläche. Wir ziehen ins Ausweichquartier."

Das bestand aus gemütlichen Zimmern im Dachgeschoß dieses Hauses.

Die andern wohnten in der zweiten und dritten Etage: Franco, Schloti, Toffy, Ewald und die verführerische Helene.

Jürgen Bollmann besaß eine Wohnung am Stadtrand, unweit der Apartments von Kunkel und Bisam.

„Ja", nickte Bisam. „Unsere Behausungen sehen uns möglicherweise nie wieder. Wäre einfach zu riskant — falls jetzt nach uns gefahndet wird. Oben", er wies mit dem Daumen zur Decke, „werden wir uns wohlfühlen."

„Geht vorläufig nicht auf die Straße!" gebot Ehrenhorn.

Sie nickten.

„Später dann laßt ihr euch von Helene ein neues Gesicht verpassen. Klar? Dann könnt ihr raus. Aber jetzt riskieren wir nichts."

Sie nickten abermals. Bisam gähnte.

Ehrenhorn stand auf. „Bis später. Ich fahre in mein Landhaus."

Er ging ins Restaurant, wo zwei Putzfrauen mit Staubsaugern Lärm machten.

Helene saß an der Theke, schrieb in einem Kassenbuch und rauchte.

Jürgen Bollmann, der teigige Typ, stand in der Nähe. Er löffelte eine Portion Eis, obwohl er noch nicht gefrühstückt hatte.

„Nun, Chef? Fahren wir?"

„Sobald Helene fertig ist", sagte Ehrenhorn.

„Bin fertig", erwiderte sie, ohne aufzublicken.

Sie schrieb noch zwei Zahlen, klappte das Buch zu und schubste es auf den umlaufenden Innentisch der Theke. Franco würde es an seinen Platz legen.

Ehrenhorns Mercedes stand vor dem Lokal. Die drei stiegen ein. Helene bestand darauf, daß auf ihrer Seite — vorn rechts — das Fenster geöffnet werde, da sie Hitze und Rauchluft nicht vertrage, zumal Ehrenhorn wieder eine seiner Zigarren paffte und Bollmann ähnliches tat, nämlich das Filterstück einer Zigarette besabberte.

Dann fuhren sie nach Erpendorf, vorbei an Kirschenhof und Traumbach.

Die Kornfelder wogten im Sommerwind, Klatschmohn leuchtete rot. Am Feldrain wuchsen Kornblumen — so blau, wie das Sprichwort es sagt.

Sie überholten einen Radfahrer, einen etwa 14jährigen Jungen mit auffallendem Blondschopf und nettem Gesicht.

„Das ist Jörg Müller", sagte Ehrenhorn, „der Sohn von Stadtrat Müller."

Das war ohne Bedeutung. Er sagte es eigentlich nur, weil seit Fahrtbeginn alle schwiegen.

„Kenne seinen Vater", murmelte Helene. „Der hat mir vor zwei Jahren eine Wohnung weggeschnappt, für die ich den Mietvertrag fast schon hatte. War eine Traumwohnung, nahe beim Stadttheater. Er hat die gekriegt, der Müller, weil er natürlich Beziehungen hat. Dagegen konnte ich nicht anstinken. In die Wohnung ist dann seine Sekretärin eingezogen."

„Tja, Beziehungen sind alles", sagte Bollmann. Sein rosiges Gesicht erinnerte an Himbeergrütze. Das blonde Haar war schweißnaß. Seine schwammige Figur füllte den Anzug wie Teig. Wie rücksichtslos und gefährlich Bollmann war, erkannte man erst auf den zweiten Blick.

Sie erreichten Erpendorf, Stille war überall, der Dorfplatz verwaist. Die Kinder spielten unten am Bach, die Jugend war vermutlich in der Stadt, die Bauern arbeiteten auf den Feldern. Irgendwo ratterte ein Traktor, dann verkündete die Kirchturmuhr die volle Stunde, aber das interessierte niemanden, denn hier bestimmte die Natur den Rhythmus des Tages.

Ehrenhorns Landhaus lag auf der Südseite, abseits vom Nachbarn — dem reichsten Bauern — und war mit mannshoher Buchsbaumhecke umgeben.

Ehrenhorn hielt vor dem Tor.

„Mach's mal auf!" befahl er Bollmann. „Und laß es offen. Ich fahre nämlich erst noch zu meinem lieben Freund Söckl."

Bollmann lachte. „Falls du den antriffst. Könnte ja sein, er hat sich in die Erdhöhle verkrochen."

„Schon möglich!" Ehrenhorn zeigte seine Goldzähne. „Nachdem ich den Bullen ein bißchen auf die Sprünge geholfen habe, sitzt er jetzt vielleicht in der Tinte."

„Was hast du denn gemacht?" forschte Helene.

„Habe die Kripo angerufen, anonym *(namenlos, heimlich)* natürlich. Habe sie auf Söckls Rolle in dem Honolke-Fall hingewiesen. Denn schließlich", er grinste, „ist die Polizei für jeden Tip dankbar."

Helene äußerte sich beifällig, nahm von Ehrenhorn den Hausschlüssel entgegen und stieg aus.

Bollmann hatte das Tor geöffnet.

Das Landhaus war groß, besaß zwei Terrassen und im ersten Stock einen umlaufenden Balkon. Die größere Terrasse verfügte über einen Außenkamin. Schwere Holzbalken trugen das tiefgezogene Dach. Das Haus war ein Prachtbau und sehr rustikal.

Während Helene und Bollmann, die gern hier waren, zum Eingang eilten, fuhr Ehrenhorn eine enge Kurve auf dem Vorplatz und dann zur anderen Seite des Dorfes hinüber. Er parkte vor der Polizeistation und ging hinein.

Das Wachlokal war unbesetzt. Aber auf der Treppe erklangen Schritte. Söckl kam aus seiner Wohnung herunter.

„Ich bin's", rief Ehrenhorn. „Wollte nur mal sehen, was du machst, Heinz."

Söckl sah noch schlechter aus als sonst und trug schlampige Freizeitkleidung, keine Uniform.

„Tag, Karl-Friedrich."

Ehrenhorn drückte eine lasche Hand und bemühte sich, auch mimisch Besorgnis zu heucheln.

„O je! Stimmt was nicht? Du wirkst irgendwie mitgenommen."

„Bin beurlaubt." Söckl sank auf seinen Schreibtischstuhl. „Weißt ja, was das heißt. Solange nicht erwiesen ist, daß ich eine weiße Weste habe, ist mein Diensteifer nicht mehr erwünscht."

174

„Was?" staunte Ehrenhorn. „Du machst Witze."

„Danach ist mir nicht zumute. Irgendwer hat mich ange-schwärzt."

„Wie das?"

„Nachdem der Honolke-Fall im ganzen Dorf bekannt war, erhielt die Kripo einen anonymen Anruf. Man solle doch mal überprüfen, wie es mit mir stehe. Ich sei nämlich zu der frag-lichen Zeit bei dem Kornfeld gewesen, wo sich die Erdhöhle befindet. Man hätte mich gesehen. Also käme ich als Täter in Frage — ungeachtet meiner Eigenschaft als Polizist und Ord-nungshüter, denn schließlich gäbe es auch unter denen — und nicht mal selten — schwarze Schafe."

„Ist ja eine Gemeinheit!" empörte sich Ehrenhorn. „Eine Verleumdung! Ehrabschneidung! Und deine Vorgesetzten lassen sich davon anmachen?"

„Was bleibt ihnen denn übrig? Tun sie nichts, heißt es, bei der Polizei hacke eine Krähe der andern kein Auge aus. Wie du weißt, trifft nämlich alles zu, was der Anrufer behauptet. Ich habe kein Alibi, Karl-Friedrich. Ich hatte Weisung meines Vorgesetzten, hier zu bleiben, das Dorf nicht zu verlassen. Aber ich bin bis Kirschenhof gefahren. Ich war bei dem Korn-feld — wahrscheinlich sogar zu der Zeit, ungefähr, als dieser Honolke hinterrücks niedergeschlagen wurde. Wie soll ich beweisen, daß ich angerufen und weggelockt wurde — mit der Benachrichtigung, Paula sei verunglückt. Naja, du weißt ja, worum es geht."

Sie hatten gestern abend miteinander telefoniert. Söckl war erfreut gewesen, als der vermeintliche Freund ihn anrief und sich — scheinheilig — nach der Sache Honolke erkundig-te. Bei der Gelegenheit erzählte Ehrenhorn auch, daß Locke und Tom ihn informiert und sogar verdächtigt hätten, nun-mehr aber — aufgrund seines Alibis — von seiner Unschuld überzeugt seien.

Ehrenhorn nickte, begutachtete die Fingernägel seiner lin-ken Hand und polierte sie dann am Jackettaufschlag.

„Schlimm, Heinz! Aber die Wahrheit wird sich herausstellen."

„Es kränkt mich."

„Was?"

„Ich bin kreuzunglücklich, Karl-Friedrich. Nicht wegen meiner Vorgesetzten – die müssen sich so verhalten –, sondern weil es irgendwen gibt, der mir das antut. Warum nur? Will mich jemand vernichten? Ich habe geglaubt, ich wäre beliebt. Jetzt weiß ich, daß ich einen Feind habe. Er muß hier aus dem Dorf sein."

„Ob es mit dem Überfall auf Paula zusammenhängt?"

Auch das durfte Ehrenhorn wissen, offiziell. Denn natürlich hatte Söckl alles haarklein erzählt – bei dem Telefonat gestern abend.

Jetzt hob er die Achseln. „Ich wüßte nicht, wie."

Eine Weile schwiegen sie. Söckl seufzte und fingerte unruhig an der Schreibunterlage herum.

„Weißt du, was mir mein Vorgesetzter unter vier Augen gesagt hat, Karl-Friedrich! Jeder, hat er gesagt, könnte mal durchdrehen. Und ich wäre ja schlimm dran – seit Gudruns Tod. Jetzt wäre aber, sagt er, noch Zeit, die Verfehlung wieder in Ordnung zu bringen. Wenn ich die 80.000 zurückgebe, könnte ich mit Milde rechnen. Das heißt, er glaubt, daß ich 's war."

Ehrenhorn schüttelte den Kopf. „Keinen blassen Schimmer von Menschenkenntnis! Daß du keiner Fliege was antust, ist doch klar."

Wieder schwiegen sie.

Dieser Dummkopf! dachte Ehrenhorn. Einer wie der verdient es nicht besser. Ist der typische Verlierer. Immer werden andere ihn ausnutzen. Solche ,Leerbrenner' muß es eben geben, damit unsereins weiterkommt.

Unter Weiterkommen verstand er, noch mehr Geld zusammenzuraffen, zu ergaunern, zu rauben.

„Paula ist völlig niedergeschlagen", setzte Söckl sein Kla-

177

gelied fort. „Sie kann sich selbst nicht verzeihen, daß sie so leichtgläubig war. Funkelstein schäumt. Der Schmuck war natürlich versichert, aber offenbar nicht ausreichend. Jedenfalls gibt es da Schwierigkeiten mit der Versicherungsfirma. Katastrophen auf der ganzen Linie, Karl-Friedrich. Ich weiß nicht, warum das Schicksal seine Pechkübel nur über uns ausgießt."

„Bild dir das nicht ein! Andere erwischt es genauso. Aber das merkst du erst, wenn du hinter die Kulissen guckst." Er stand auf. „Ich muß los, Heinz. Ich erwarte Besuch. Wirst schon sehen, bei euch wendet sich alles zum Guten! Da habe ich gar keine Sorge."

Er verabschiedete sich.

Als er zum Landhaus zurückkam, waren Helene und Bollmann im Keller.

Es gab dort einen einbruchsicheren Raum — mit vergittertem Fenster, schwerer Stahltür und einem Tresor. Der war so groß wie eine Apfelsinenkiste und stand bescheiden in der Ecke.

Helene und Bollmann sahen zu, als der Chef den Funkelstein-Schmuck und die 80.000 Mark aus der hiesigen Bank deponierte *(hinterlegen)*.

Dann prüften sie die Beute der vorigen Woche, die Pelze aus Eggenweiden. Dort hatten sie erst die Polizei mit der Unfallmeldung weggelockt und dann das Pelzgeschäft leergeplündert.

Helene war hingerissen.

„Da ist ja einer schöner als der andere. Kann ich einen für mich nehmen? Das heißt, ich kaufe ihn — natürlich zum Vorzugspreis, beziehungsweise als Gegenwert für meinen Anteil."

„Aber nimm einen, der nicht so auffällt." Ehrenhorn lächelte. „Und trenn das Etikett raus. Besser noch, du setzt ein anderes ein."

„Mache ich", freute sie sich — und tat verliebt mit einem

Luchsmantel. „Außerdem, Chef, bis zum Winter ist noch lange hin. Inzwischen wächst Gras — über die Pelze."

„Die übrigen werden ins Ausland gebracht und dort zum Hehler", verfügte Ehrenhorn. „Aber das hat noch Zeit. Auch der Schmuck soll erstmal abkühlen."

„Helene hat noch was vor", sagte Bollmann.

Ehrenhorn sah sie an, entdeckte das Glitzern in ihren Augen und verzog das Gesicht.

„Willst wieder Terror machen, wie?"

„Kannst du Gedanken lesen?" fragte sie.

„Nicht direkt. Aber ich kann zwei und zwei zusammenzählen. Willst Stadtrat Müller eins auswischen, wie? Das war nicht schwer zu erraten. Hast ja noch ein Hühnchen mit ihm zu rupfen, und die Gelegenheit scheint günstig zu sein."

„Verstehst du das nicht?"

„Dafür habe ich keinen Nerv."

„Dich interessiert nur, ob eine Sache Geld bringt, Chef!"

„Na und? Was ist daran schlecht?"

„Sie meint", Bollmann gluckste, „es gibt auch noch höhere Interessen — gibt es, meint sie."

„Ja, das meine ich." Helene drückte rechts und links an ihre roten Locken. „Etwas, das die Seele labt! Verstehst du, Chef. Mich macht das an. High *(gehobener Gemütszustand — meist nach Rauschgiftgenuß)* macht mich das. Ist ein irres Gefühl. Ich greife zum Telefon, rufe jemanden an und weiß, daß er mir ausgeliefert ist. Ich kann ihn fertigmachen. Er ist mein Sklave. Er zittert, er bricht zusammen — rächen kann ich mich damit. Rächen für alles, was man mir jemals angetan hat. Und heute ist dieser Müller dran."

Ehrenhorn zuckte die Achseln.

Bollmann blieb der Frau auf den Fersen, als sie in den Wohnraum hinauf ging. Die Wände waren holzgetäfelt. Hier stand das Telefon.

Helene suchte die Rufnummer von Stadtrat Alfons Müller aus dem Telefonbuch und wählte.

Fast augenblicklich wurde abgehoben.

„Müller", meldete sich eine Männerstimme.

„Ich rufe aus Traumbach an." Sie bemühte sich um Aufregung und spielte perfekt. „Eben. . . o Gott! . . . auf der Landstraße, wissen Sie. . . da. . . da. . . hat sich ein Unfall, also, der Wagen ist einfach abgehauen. Weg! Fahrerflucht! Aber der Junge. . . er. . ."

„Welcher Junge?" Müllers Stimme zitterte. „Wieso rufen Sie mich an?"

„Der Junge konnte noch sagen, daß er. . . daß er der Sohn von Alfons Müller wäre. Ich weiß nicht, ob Sie. . ."

„Wie heißt er?" schrie Müller. „Jörg?"

„Ja, ich glaube. Ist so ein Blondschopf. Er fuhr auf dem Rad. Etwa 14 ist er, würde ich sagen. Und. . ."

„Was. . . was . . um Gottes willen! Was ist mit Jörg?"

„Als ich zum Telefon lief, war er ohne Bewußtsein. Es . . . sieht schlimm aus. Der Blutverlust! Ich habe den Notarzt schon verständigt."

„Gut! Danke!" Müllers Stimme hetzte. „Ich komme. Die Landstraße bei Traumbach, ja?"

„Ja."

„Ich komme. Danke! Mein Gott! Jörg wollte doch nur. . ."

Mehr hörte sie nicht. Stadtrat Alfons Müller hatte aufgelegt.

„Du kopierst *(nachmachen)* meine Methode", sagte Ehrenhorn. Er war aus dem Keller heraufgekommen und hatte den größten Teil des Gesprächs mitgehört.

„Warum auch nicht?" meinte Helene. „Schließlich bist du unser Vorbild. Und Müller, dieser Lump, hat jetzt einen Nagel mehr zu seinem Sarg. Gönne ich ihm. Schönes Wochenende, Herr Stadtrat!"

12. Ein Überfall wird vorbereitet

Locke schlief bis gegen Mittag. Tom ebenfalls. Auch Helga und Mike holten versäumten Schlaf nach.

Lediglich Gunter blieb auf den Beinen. Er teilte der Polizei mit, wie Martin und Henry aussahen – ohne ihre Hilfsmittel Perücke, falsche Brauen und angeklebte Narbe.

Während des Überfalls bei Funkelstein hatte Blauauge gehinkt, links, mit steifem Knie. Paula hatte das ausgesagt, war aber offensichtlich einer Finte aufgesessen. Denn weder Locke noch Tom hatten etwas derartiges bemerkt – nicht beim Zusammenstoß in der Sandgasse und schon gar nicht in der letzten Nacht. Geradezu leichtfüßig hatte der Kerl die zwölf Stockwerke bewältigt – wie ein Leistungssportler.

Gegen Mittag drückte schwüle Hitze auf Stadt und Land. Locke duschte, versorgte Mausi, nahm sich ein großes Glas Milch und ging in den Garten – den kleinen, aber feinen Garten hinter dem Haus, wo auf einem sehenswerten Rasen immerhin fünf Obstbäume wuchsen. In den Hecken zu beiden Seiten nisteten Vögel. Amseln führten ihre Brut aus und fütterten sie mit Kirschen und halben Regenwürmern.

Locke breitete ihre Turnmatte aus und machte Yoga-Übungen. Gerade als sie sich zur Kobra durchbog, hörte sie Toms Roller.

Gunter ließ seinen künftigen Stiefsohn ein. Sie redeten, dann kam Tom durch die Terrassentür, sagte Hallo und sie solle sich nicht stören lassen, er könne ja zuschauen, sei ja toll ihre Beweglichkeit.

„Bin sowieso fertig."

Locke setzte sich auf die Hollywoodschaukel und trank ihre Milch, die jetzt von der Sonne erwärmt war.

Tom wirkte frisch, hatte sich sogar die Haare gewaschen.

„Ich wollte dir noch sagen, Locke, daß ich's toll finde, wie du dich heute nacht verhalten hast. Andere Mädchen wären ausgeflippt vor Angst, hätten geheult und gejammert."

„Danke für das Kompliment", lächelte sie, „aber ich glaube, du unterschätzt die Mädchen im allgemeinen. Die sind nicht so, daß sie gleich heulen und jammern. Das wird ihnen nur angedichtet. Mädchen können härter sein als Jungs. Oder willst du behaupten, daß man unter Jungs nur eiskalte Helden findet."

„Nee", er grinste, „da bin ich 'ne Ausnahme."

„Angeber! Das heißt, du bist wirklich toll geklettert. Das war lebensgefährlich. Hast enormen Mut bewiesen, Herr Conradi."

„Danke, Fräulein Rehm."

„Herr Conradi! Fräulein Rehm! Ist es dir auch aufgefallen: So haben die Ganoven uns angeredet."

Tom nickte. „Und wie mir das aufgefallen ist! Woher kennen sie unsere Namen? Mit keiner Silbe haben wir die in der Sandgasse erwähnt. Und auch später nicht. Oder?"

„Nein! Wir haben uns nicht vorgestellt. Die sich ja auch nicht! Du hast wohl mal Locke gesagt, und ich habe dich Tom genannt. Aber das läßt keine Rückschlüsse auf die Nachnamen zu."

Er lachte. „Vielleicht sind unsere Spitznamen so bekannt, daß jeder Ganove in der Stadt sofort weiß, wer gemeint ist."

„Um Himmels willen!"

Im Haus klingelte das Telefon. Sie hörten, wie Gunter redete, verstanden aber die Worte nicht.

Wenig später kam er auf die Terrasse.

Daß er nur eine Stunde geschlafen hatte — und das im Sessel —, war ihm nicht anzumerken. Er war voller Tatendrang, hatte den halben Vormittag an seinem neuesten Buch gearbeitet und genoß den Sommertag.

„Eben hat mein Informant (Gewährsmann) angerufen. Eure Vermutung trifft zu. Karl-Friedrich Ehrenhorn hat das FRANCO vor einem knappen Jahr gekauft, tritt aber nirgendwo in Erscheinung. Ein gewisser Franco Pestalzo führt sich als Eigentümer auf."

„Hah!" sagte Locke. „Also kein Alibi — Herr Ehrenhorn!"

„Naja", schränkte Gunter ein, „es wäre immerhin möglich, dieser Franco hat die Wahrheit gesagt, als er Ehrenhorns Alibi bestätigte."

„Nie!" Locke pochte auf den Tisch. „Das spüre ich. Nein, da hat ein Angestellter für seinen Chef gelogen. Und wir sollten die Dummen sein. Es war gelogen, Papi! Und gerade deshalb hat er verschwiegen, daß er dort hingehört. Sonst hätte er sagen können: Was? Zu der Zeit? Da saß ich in meinem — in *meinem!* — Lokal. *Meine* Angestellten können das bestätigen. Fertig und aus, und wir hätten nicht mal gestutzt. Aber so stinkt das Alibi zum Himmel wie. . . wie. . ."

„. . . wie ein alter Hering in der Sonne", griff Tom helfend ein.

„Sehr gut! Danke, Tom!"

Alle lachten. Dann sagte Gunter: „Wahrscheinlich hast du recht, Locke. Wenn ich morgen abend zurück bin, rufe ich Kommissar Weigand an. Soll der dem Herrn Ehrenhorn mal ein bißchen auf den Zahn fühlen."

„Morgen abend?" fragte Locke. „Weshalb nicht gleich?"

„Weigand ist vorhin verreist, dienstlich. Übrigens haben Helga und ich das gleiche vor, aber privat. Nachher zittern wir ab zum Landgasthaus Murmelstein."

„Viel Spaß", sagten Locke und Tom wie aus einem Munde.

„Ihr seid eingeladen. Kommt mit! Mike kann leider nicht. Er hat heute nachmittag ein Spiel, aber euch hindert nichts."

„Vielen Dank, Papi! Ist riesig nett. Und sonst wahnsinnig gern. Aber heute . . . also, mir wäre es lieber, ich könnte mich hier erholen. Außerdem möchte ich Mausi nicht ohne Aufsicht lassen. Sie ist momentan etwas fummelig."

„Ich", meinte Tom, „schließe mich den Worten meiner Vorrednerin an. Ich bin auch etwas fummelig."

Gunter kniff ein Auge zu. Prüfend sah er die beiden an.

„Wie das? Einen Familienausflug laßt ihr euch doch sonst

183

nicht entgehen. Ich hoffe sehr, daß ihr jetzt Zurückhaltung übt. Was eure Alleingänge betrifft, meine ich."

Locke nickte. „Keine zehn Pferde kriegen mich auf ein Hochhausdach."

„Mich auch nicht", echote Tom.

„Das beschwichtigt meine Besorgnis nicht", meinte Gunter. „Ich wende mich jetzt wirklich an eure Vernunft. Riskiert bitte nichts! Noch so eine Aufregung wie letzte Nacht – und Mike fällt durchs Abitur. Nehmt auch auf die strapazierten Nerven eurer geplagten Elternteile Rücksicht."

„Machen wir", versprach Locke, „natürlich ohne euch zu verweichlichen."

„Ich sollte dich einschließen", überlegte Gunter.

„Untersteh dich! Das wäre Freiheitsberaubung."

„Also, wir übernachten im Murmelstein und sind morgen abend zurück. Ihr habt die Telefonnummer. Benehmt euch wie brave Kinder! Tom, paß auf sie auf!"

Tom nickte. „Nochmal kommt keiner an sie ran. Oder nur über meine Leiche. Aber sag das nicht der Mama! Sie nimmt es so wörtlich."

Eine halbe Stunde später bestieg Gunter mit kleinem Gepäck seinen Saab und empfahl sich.

Locke und Tom standen vor der Garage und winkten.

„Bevor die Kripo alles vermurkst", sagte Locke, „kümmern wir uns um Ehrenhorn und seinen Laden, oder? Ist doch sonderbar! Wir kommen immer wieder aufs Franco zurück. Hast du schon mal kühne Schlüsse gezogen? Ich mach's jetzt. Und überlege mir, woher Martin und Henry unsere Familiennamen kennen. Ehrenhorn weiß sie."

„Hm. Also . . . Immerhin . . . Es gibt keinen Hinweis, daß er und die beiden Schmuckräuber freundschaftlich oder gaunerhaft miteinander verbunden sind."

„Ach, Hinweise! Ideen sind besser. Und mein Instinkt sagt ja."

„Na, schön! Warum auch nicht? Keiner kann's uns verbieten, und selbst das wäre egal. Es ist die einzige Spur, die wir haben. Also auf zu der Pizza-Bude!"

„Aber erst rufen wir bei den Söckls in Erpendorf an. Ob's der Paula jetzt besser geht, ja?"

Es ging ihr nicht besser, sondern miserabel, vor allem seelisch. Sie weinte am Telefon, und Locke suchte alles zusammen, was ihr an Tröstungen einfiel. In Einzelheiten erfuhr sie, wie es jetzt um die Söckls — Vater und Tochter — stand, wie man dort die Ohren hängen ließ und ob des Unglücks verzagte. Lockes Mitgefühl brandete auf zur haushohen Woge. Den Söckls mußte geholfen werden. Und Hilfe bedeutete: den Hauptwachtmeister vom Verdacht befreien und für seine Tochter den gestohlenen Schmuck beschaffen.

Sie verließen das Haus. Locke setzte ihren weißen Sturzhelm auf. Sie besaß zwei, einen orangeroten und den weißen. Der weiße war für hitzeschwüle Tage, denn Weiß weist bekanntlich die Sonne ab. Damit wird verhindert, daß unter dem Helm das Gehirn kocht und der Fahrer — weil er mit fieberheißem Kopf rollert — einen Unfall verursacht.

Ein großer Strohhut hing ihr auf dem Rücken.

Auch Tom hatte an seinen Sturzhelm gedacht, einen blauen — unter dem er's aushielt.

Sie fuhren zum FRANCO.

Es war früher Nachmittag, die Innenstadt leer. Jedermann strebte aufs Land, ins Grüne, an die Seen.

Zwischen den Häusern brütete die Hitze, eine Straßenseite warf Schatten.

Die beiden erreichten den Anfang der Straße, in der das FRANCO lag. Sie hielten.

Schräg gegenüber hatte ein kleines Café geöffnet. Die Serviererin faulenzte mangels Gäste, lehnte neben dem Eingang an der Wand und hielt das Gesicht in die Sonne. Markisen (*aufrollbarer Sonnenschutz*) spannten sich über den Gehsteig, rot-weiß gestreift. Kleine Tische im Freien luden ein.

„Das Café habe ich gemeint", sagte Locke.

Tom sah sie verständnislos an, denn von dem Café war nie die Rede gewesen.

„Hier können wir uns hinhocken", fuhr sie fort, „und Ehrenhorns Pizza-Quelle beobachten. Den Eingang sehen wir, aber uns sieht man nicht."

„Na, gut!"

Sie stellten ihre Roller ab. Parkplatz bot sich massenhaft an. Unter einer Markise setzten sie sich in den Schatten. Die Serviererin unterbrach ihr Sonnenbad und fragte nach den Wünschen. Locke bestellte eine Mokka-Milch, Tom einen Eiskaffee.

„Wenn wir Pech haben", meinte er, „sitzen wir uns Schwielen an den Hintern — und nichts passiert."

„Hast du einen besseren Vorschlag?"

„Wir gehen ins Franco und fragen nach Ehrenhorn. Zwar sehe ich seinen Wagen nicht, aber vielleicht ist er trotzdem da; oder sie sagen uns, wo er steckt. Dann geben wir ihm eins auf die Nase, indem wir sein Alibi anzweifeln. Mal sehen, was er macht."

„Er wird sich rausreden und ist dann gewarnt. Wenn ihn morgen abend die Kripo vernimmt, hat er sich bestimmt was zurechtgelegt."

Locke hatte inzwischen den Helm gegen ihren Strohhut vertauscht. Kleidsam war beides.

Das FRANCO war etwa 150 Meter entfernt. Es lag auf der anderen Straßenseite. Lange Schatten streckten sich vor der Hausfront. Es war ein mehrstöckiges Gebäude, gelb verputzt. Der Anstreicher hatte die Fenster weiß abgesetzt. Rechts befand sich die Einfahrt zum Hof, das Gittertor stand offen. Links schloß sich ein Wohnblock an, ein unhübscher Menschensilo mit zwei Eingängen.

Am Straßenrand parkten vier Wagen, zwei trugen ortsfremde Kennzeichen. Niemand kam, niemand ging. Das FRANCO schien keine Goldgrube zu sein.

Die Serviererin brachte die Getränke. Lockes Milchmix

187

war übergelaufen. Die Untertasse schwamm, das Glas war klebrig.

„Wie soll ich denn das anfassen?" erkundigte sie sich. „Mit Gummihandschuhen?"

„Ich kann's umtauschen", bot die Bedienung an.

Aber Locke verzichtete und griff mit den Fingerspitzen zu. Beide tranken. Zeit verging. Tom versank in den Anblick seiner Freundin. Sie streckte ihm die Zunge raus. Er grinste. Sie rückte ihren Hut zurecht und ordnete die dichten, langen Haare. Ein zweiter Milchmix — diesmal mit Erdbeergeschmack — und ein Kaffee ohne Eis wurden verputzt. Ein Wagen fuhr vorbei, vollgestopft mit einer sechsköpfigen Familie. Mühsam bezähmte Locke ihre Ungeduld. Warten und Nichtstun — das brachte ihr Blut in Wallung.

„So finden wir die Terror-Bande nie." Tom setzte seine Tasse ab.

„Horch!" Sie hob den Kopf.

Ein Motorrad röhrte. Hauswände warfen das Gedröhn hin und her, spielten Ping-Pong mit dem Lärm, der sich jetzt dem geöffneten Gittertor näherte.

„Tom, zahlen!"

Sie nestelte an ihrer Umhängetasche. Aber Tom war schneller und legte, aufgerundet, die Zeche auf den Tisch.

Eine schwere Maschine rollte aus dem Tor auf die Straße. Zwei Männer saßen drauf.

Locke erkannte sie sofort. Den Kleinen, einen der Kellner, hatte Franco mit Toffy angeredet. Es war der mit dem Hackepeter-Gesicht. Jetzt saß er hinten wie ein Affe auf dem Schleifstein, ohne Helm, in karierter Hose und Baumwollhemd.

Ewald, der klotzige Typ mit den großen Füßen, lenkte den Feuerstuhl. Auch er hatte auf die vorgeschriebene Warmluftglocke verzichtet.

Sie bogen ab in entgegengesetzte Richtung.

Tom saß schon auf seinem Roller. Als Locke startete, be-

188

helmt, den Hut wieder auf dem Rücken, sprintete die Serviererin ins Freie.

„Das könnte euch so passen! Erst wird bezahlt!"

„Liegt alles auf dem Tisch", rief Tom. „Wir sind keine Zechpreller."

Sie zischten los. Locke hörte noch, wie sich die Bedienung bedankte. Offenbar erfaßte sie mit einem Blick, daß Trinkgeld dabei lag. Dann schossen Lockes Gedanken voraus, hängten sich ans Rücklicht des Kellner-Motorrades, das schnell fuhr, aber nicht zu schnell, denn rennmäßig waren die beiden Alt-Pikkolos (*Pikkolo-Kellnerlehrling*) nicht gewandet.

Vielleicht machen die nur eine Spritztour, dachte sie, einmal quer durch die Stadt und zurück, um sich Kühlung zu verschaffen. Dann sind wir nachher wieder hier. Und nichts war. Egal, dann belauern wir weiter, und ich trinke den dritten Milchmix.

Ihre Befürchtung traf nicht zu. Die Verfolgung lohnte sich. Zunächst freilich lernten sie Straßen und Gassen kennen, die sonst nicht zu ihrem Terrain gehörten. Die Richtung lag fest: über Öhmkirchen aus der Stadt hinaus, ins hügelige Vorland, wo Baggerseen in der Sonne verdunsteten, in der Ferne ein Hochmoor grünte und der wochenendliche Ausflüglerstrom in weitem Bogen vorbei floß.

Ewald fuhr langsam, gemessen an der Kraft der Maschine. Vielleicht weil er keinen Helm trug, oder vielleicht war er Führerscheinneuling.

Dennoch reichte Lockes Höchstgeschwindigkeit nicht aus. Mit allem Gas der Welt — mehr als 29 Std/km war nicht rauszuholen aus ihrem Roller.

„Ich halte Anschluß", rief ihr Tom zu, als die Stadt hinter ihnen lag. „Du kommst langsam nach. Nichts riskieren!"

Dann drehte er auf; und auf 78 Std/km ließ sich sein Untersatz hochjubeln — vorausgesetzt, daß Tom in windschlüpfiger Ei-Form erstarrte, tief gebeugt, das Kinn auf der Brust.

Locke sah ihm nach. Die Kellner entschwanden eben über eine Hügelkuppe, weit voraus, und ahnten nichts von ihren beharrlichen Fährtenhunden.

Ach! Locke krauste die Nase, und ihr hübscher Mund schmollte. Wenn ich doch erst 16 wäre — oder wenigstens annähernd wie Tom —, dann könnte ich diesen Kinderroller gegen was Richtiges eintauschen!

Sie erreichte die Hügelkuppe. Die Sicht reichte weit über welliges Land. Die Straße schlängelte sich. Vereinzelte Wagen kamen stadtwärts, Radfahrer zogen Schweißtropfenspuren hinter sich her.

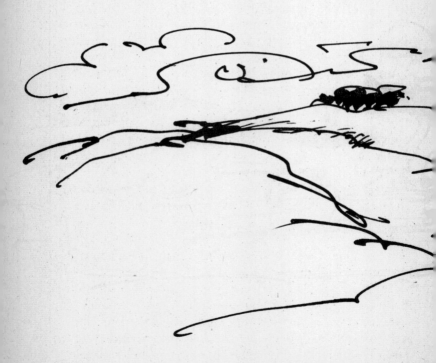

Einen guten Kilometer hatten Toffy und Ewald jetzt Vorsprung. Aber Tom lag nur einige hundert Meter zurück. Sein Motorroller sprang förmlich über alle Unebenheiten der Fahrbahn.

Die Entfernung entmutigte Locke. Aber niemand wollte ihr das Spiel verderben, nicht mal Ewald, der jetzt scharf links lenkte und auf einen sandigen Weg bog.

Locke beobachtete, während sie hinterher fuhr. Der Sandweg schien plötzlich zu enden, möglicherweise an einem Abgrund, denn die beiden Kellner verschwanden, als hätte sie der Erdboden verschluckt.

Tom war bereits abgebogen. Auf seinem blauen Helm blitzte die Sonne. Es sah aus, als stehe er auf seinem Roller. Dort, wo der Weg endete bzw. abfiel, drosselte er das Tempo, kroch jetzt fast, wie Locke bemerkte, und verschwand dann abwärts.

Endlich langte sie bei der Abzweigung an. Was sie für einen Sandweg gehalten hatte, war eine unbefestigte Straße — mit splittigem Boden. Ein verwittertes Schild gab Auskunft: ZUM STEINBRUCH.

Locke rollerte die Strecke, ein beträchtliches Stück. Die Straße stieg an, aber sanft. Dann fiel sie ab, sehr steil. Vor Locke vertiefte sich die Landschaft zu einem Kessel, dem Steinbruch. Er hatte schiefergraue Steinwände und war mindestens 150 Meter tief. Die Straße führte hinunter.

Dreißig Meter voraus türmten sich Schotter zu einem Hügel. Dort stand Toms Roller. Der Helm lag auf dem Sitz. Tom war ein Stück weiter gepirscht, kauerte hinter einem klaviergroßen Stein, vielmehr Felsstück, drehte sich um und legte warnend den Finger auf die Lippen.

Sofort stellte Locke ihren Motor auf Sparflamme, daß er nur noch wisperte — wie der Sommerwind in den Halmen, mit denen die Ränder des Steinbruchs begrünt waren.

Sie parkte neben Toms Roller, ließ den Helm zurück und den Hut auf dem Rücken und lief zu ihrem Freund.

„Da bin ich."

Er klopfte ihr auf die Schulter, ohne den Blick vom Steinbruch abzuwenden.

Es war ein Logenplatz, hier, wo sie sich versteckten.

Verwundert sah sie, was sich unten abspielte.

Mitten im Steinbruch stand ein Möbelwagen. Er war groß und gelb, die Beschriftung verblichen. Franco Pestalzo lehnte an der Fahrertür und sah seinen Kollegen zu.

Ewald und Toffy kurvten umher, fuhren Kreise und Achten und schossen dann — pfeilgerade — auf den Möbelwagen zu.

192

Seine zweiflügelige Hecktür war geöffnet. Die Ladefläche befand sich mehr als meterhoch über dem Boden. Eine breite Metallschiene führte von der Kante zum Boden.

Das Motorrad jagte darauf zu.

Locke und Tom konnten in den Möbelwagen hineinsehen. Er war leer. Aber zwei Matratzen – ja, es waren Matratzen – polsterten die vordere Wand, jene hinter der Fahrerkabine.

„Was soll denn das?" wunderte sich Locke.

Mit Vollgas raste das Motorrad auf die Metallschiene hinauf. Augenblicklich drosselte Ewald das Tempo. Aber der Schwung reichte. Die Maschine sprang förmlich auf die Ladefläche. Und wurde gebremst, daß die Reifen kreischten. Nur sanft, offenbar, stieß sie gegen die Matratzen, denn die Maschine kippte nicht um, und niemand fiel runter.

Beide stiegen ab, die Maschine wurde hinunter geschoben, Franco klatschte Beifall, Ewald und Toffy saßen wieder auf, preschten weg, fuhren Kreise und Achten, jagten abermals auf den Möbelwagen zu – und wiederholten das Ganze, mit demselben Erfolg.

„Die proben", sagte Locke.

„Richtig."

„Wozu?"

„Jedenfalls ist das keine Zirkusnummer."

„Obwohl Franco applaudiert (*Beifall klatschen*)."

„Täte er bestimmt nicht, wenn Schloti auf dem Ofen hockte."

„Tom, das sieht doch aus, als wenn sie was vorbereiten."

„Einen Coup. Einen Überfall."

„Den Ewald und Toffy ausführen. Danach müssen sie verschwinden, denn sie werden – möglicherweise oder bestimmt – verfolgt. Und wie zaubern sie sich von der Bildfläche weg? So!"

„Dann können die Verfolger lange suchen. Guter Trick."

Eben probten die beiden Kellner zum dritten Mal.

Kaum landeten sie auf der Ladefläche, sprangen sie ab.

Ewald lehnte die Maschine an die Seitenwand. Toffy hechtete zur Kante und zog die Metallschiene ein. Klirrend fiel sie auf die Ladefläche. Schon hatte Ewald den einen Türflügel gepackt, Toffy den anderen. Mit vernehmlichem Knall schlossen sie die Hecktür.

„Klappe zu, Affe tot", sagte Locke. „So soll's also gehen. Der Coup — und weg sind sie! Raffiniert!"

„Aber wir werden den Coup verhindern."

„Wie sie's machen wollen, wissen wir jetzt. Aber wo? Bei wem? Wer soll das Opfer sein?"

„Hm."

Die Hecktür öffnete sich. Ohne Hast schob Toffy die Metallschiene hinaus. Franco war hinter den Wagen getreten. Ewald fuhr die Maschine hinunter. Dann redeten die drei, klopften sich gegenseitig auf die Schulter.

Hin und wieder blickte einer von ihnen die Straße herauf, ob auch niemand käme. Zeugen waren nicht erwünscht, begreiflicherweise.

Unwillkürlich duckte Locke sich tiefer. Aber das Versteck war sicher.

Toffy schob jetzt die Schiene auf die Ladefläche zurück und schloß die Hecktür.

„Gleich kommen sie", meinte Tom. „Wir zischen ab."

Sie liefen zu ihren Fahrzeugen. Unten im Steinbruch röhrte das Motorrad.

„Zur Straße können wir nicht zurück", rief Tom. „Sie würden uns einholen, zumindest sehen. Wir müssen nach rechts, hinter den Schotterhügel."

Dorthin schoben sie die Roller, legten sie auf den Boden und gingen bäuchlings in Deckung. Keine Sekunde zu früh.

Ewald und Toffy preschten vorbei. Auf den Gesichtern glänzte Schweiß. Sie wirkten zufrieden.

Franco schien es nicht so eilig zu haben. Er ging noch umher, rauchte und stellte sich dann an einen Sandhaufen, um einem menschlichen Bedürfnis nachzukommen.

194

Aber da saßen Locke und Tom längst im Sattel. Sie rollerten zur Geländekante und sahen, daß die Kellner eben die Straße erreichten und sich stadtwärts wandten.

„Ich sause hinterher", sagte Tom. „Falls du den Anschluß verlierst — ich komme zu dem Café, wo wir eben waren, ja?"

„Dann spute dich mal."

Er pfefferte los. Vermutlich würde er sie einholen — denn sie ließen sich Zeit, schwammen mit im Strom der Ausflügler, die bereits heimkehrten.

Als Locke die Straße erreichte, waren Tom und die Kellner entschwunden. Sie fuhr gemächlich. Ihre Gedanken kreisten um den gelben Möbelwagen und seine Funktion (*Zweck*) als Versteck.

Einem Instinkt folgend, blickte sie zurück.

Da kam er, der Möbelwagen — weit hinter ihr. Und natürlich näherte er sich. Denn er fuhr schneller als Locke.

Unter ihrem Helm fühlte sie sich sicher. Der maskierte völlig. Dennoch bog sie in eine Gasse ein, als sie in der Stadt ankam.

Franco fuhr vorbei mit dem Möbelwagen. Locke folgte ihm. Die Straßen waren eng. Die meisten Ampeln zeigten Rot. Sie konnte Anschluß halten, ließ aber immer zwei, drei Fahrzeuge zwischen sich und dem gelben Ungetüm.

Sein Ziel war ein Biergarten, eines der größten Freiluftlokale der Stadt, wo mindestens tausend Gäste Platz fanden unter schattenspendenden Kastanienbäumen. Franco ließ den Möbelwagen auf dem Parkplatz, ging durch den Eingang und dann suchend umher.

Locke äugte um das Heck eines Lieferwagens, hinter dem sie sich versteckte, und beobachtete den Kerl. Er trug enge weiße Hosen, ein weißes Hemd und um den Hals ein Goldkettchen. Auf seinem kantigen Gesicht fror ein Grinsen fest, als er auf eine Frau losstürmte. Sie saß allein am Ende eines langen Tisches. Am anderen Ende aß eine fünfköpfige Familie Kartoffelsalat und Bratwurst.

Franco begrüßte die Frau und setzte sich zu ihr.

Seine Flamme ist das bestimmt nicht, dachte Locke.

Die Frau war älter als er, welkte schon erheblich, wehrte sich aber dagegen — mit allen Mitteln, die die Kosmetik-Industrie hervorbrachte. Wie eine Filmdiva (*Star*) im Ruhestand hatte sie sich geschminkt. Sie trug farbenfrohen Teenager-Look und rauchte mit Zigarettenspitze. Das blondierte Haar fiel lang auf den Rücken.

Franco redete. Die Frau nickte. Er fragte. Sie lächelte kokett, bewegte die Runzellippen. Franco bestellte bei der Bedienung. Sie redeten weiter. Beider Gesichter blieben jetzt ernst. Franco erhielt ein Bier und bezahlte sofort — auch für die Frau, die sich an Kaffee gelabt hatte.

Beide standen auf. Unsicher stützte sich die Frau auf die Tischkante. Franco hielt es hier nicht länger. Artig verabschiedete er sich. Dann eilte er, noch zufriedener als zuvor, zu seinem Möbelwagen.

Wer ist die Frau? dachte Locke. Was hat sie mit Franco zu tun? Das muß ich feststellen! Am besten, ich folge ihr.

Die blonde Spät-Motte wandte sich dem Ausgang zu und — humpelte stark. Sie ging schief, ihr rechtes Hüftgelenk war anscheinend defekt (*geschädigt*). Und daran, das merkte man, litt sie seit langem. Ihre Bewegungen waren darauf abgestimmt.

Franco fuhr ab.

Locke beobachtete, wie die Frau zu einem Kleinwagen ging. Das Einsteigen bereitete ihr Mühe. Sie manövrierte ungeschickt, brauchte lange, um aus der Parknische herauszukommen, holperte dann zur Straße und wartete dort, bevor sie einbog.

Notfalls, dachte Locke, könnte ich der zu Fuß folgen.

Und so war es dann auch.

Die Frau glich ihre Unsicherheit durch Schneckentempo aus, kam aber irgendwann zu Hause an und hatte nicht gemerkt, daß sie verfolgt wurde.

Das Haus stand in einer stillen Gegend der Stadt, hinter einer Gärtnerei. Es war alt, aber schmuck. Der Garten ringsum sah aus wie ein idyllisches (*friedlich-ländlich*) Überbleibsel aus dem vorigen Jahrhundert. Efeu rankte sich um die Stämme alter Bäume. Wilder Wein kletterte an der Hausfront empor. Farne und Nachtschattengewächse wuchsen überall.

Ein Mann arbeitete im Garten. Daß es ihm Spaß machte, verriet die fröhliche Miene.

Die Blonde lenkte ihren Kleinwagen zur Garage.

Der Mann im Garten stützte sich auf den Stiel seiner Hakke.

„Hallo, Melanie!" rief er der Frau zu.

13. Brüderlein und Schwesterlein

Locke beeilte sich. Was sie vorhatte, ging nur mit Tom. Seine Muskeln wurden gebraucht. Hoffentlich, dachte sie, rauscht er nicht irgendwo rum, sondern sitzt im Café und wartet auf mich. Sehnsüchtig, wie sich das gehört.

Sie sah ihn von weitem. Er saß am selben Tisch wie vorhin, sogar auf demselben Stuhl. Sein Roller parkte am Bordstein, und der Helm lag auf dem Sitz. Tom trank zur Abwechslung Cola, zauste mit zehn Fingern in seinem Wuschelkopf herum und wirkte erleichtert, als er Lockes Mofa-Knattern vernahm.

„Hat aber lange gedauert", meinte er, als sie hielt. „Warst du erst noch zu Hause?"

„Hast schon schlauer gefragt. Sind die beiden im Franco?"

Er nickte. „Fuhren schlankweg zurück, und jetzt, nehme ich an, kellnern sie wieder. Servieren verbrannte Pizzen und welken Salat."

„Sollen sie. Wenn sich das die Gäste gefallen lassen. Wir haben was anderes vor. Komm, es eilt! Sonst hört der Mann auf, und wir können nicht anknüpfen."

„Womit hört wer auf?"

„Sonst hört Otto Liwert mit der Gartenarbeit auf. Er rodet Wurzeln alter Bäume, ist aber zu schlapp dazu. Komm!"

Diesmal winkte Tom der Bedienung. Sie lächelte breit. Offenbar vermutete sie einen neuen Stammgast in ihm.

„Was wollen wir anknüpfen?" fragte Tom, als sie nebeneinander fuhren.

„Einen Kontakt (*Fühlungnahme*). Aber hör erstmal zu!"

Sie erzählte, was sie beobachtet hatte, und fuhr fort: „Wie Franco und die Blonde tuschelten — mir kam das verschwörerisch vor. Nicht so locker und selbstverständlich, als wenn zwei Bekannte sich treffen und dann reden. Sie waren verabredet, zweifellos. Die Frau heißt Melanie Liwert. Der Mann, der im Garten arbeitet, muß Otto Liwert sein. Beide Namensschilder sind an der Gartenpforte angebracht. Und an den Briefkästen. An zwei Briefkästen! Otto und Melanie wohnen im selben Haus, aber es scheint, jeder führt seinen Haushalt für sich. Ein Ehepaar? Wohl kaum. Aber bestimmt Bruder und Schwester. Außerdem sehen sie sich ähnlich."

„Aha! Sehr schön! Und mit wem willst du Kontakt aufnehmen? Mit Melanie oder Otto?"

„Mit Otto."

„Damit wir von ihm erfahren, woher Melanie den grimmigen Franco kennt."

„Du folgerst messerscharf."

„Ist meine Spezialität. Du erwähntest die Wurzeln alter Bäume, die er roden will, der Otto, wozu er aber zu schlapp ist. Soll das die Kontaktbrücke sein?"

„Klar! Wir rollern oder schlendern am Garten vorbei. Du siehst, wie er sich abmüht. Darf ich Ihnen helfen? rufst du. Ich bin nämlich ein Herkules und das Wurzelroden ist meine Leidenschaft. Dann legst du dich ins Zeug, unentgeltlich — und Otto ist so begeistert von der Hilfsbereitschaft der heutigen Jugend, daß er freimütig ausplaudert, wenn wir ihn mit geschickten Fragen so nebenhin löchern."

„Wenn die Wurzeln sehr fest sitzen, mußt du ihn löchern. Mit fehlt dann vielleicht der Atem zum Plaudern."

„Klar. Das ist Arbeitsteilung! Und sie entspricht unseren Fähigkeiten." Sie lachte. „Du setzt den Bizeps (*Armmuskel*) ein, ich bemühe mein Gehirn."

Tom lächelte gutmütig. Er vertrug Späße auf seine Kosten, und seiner hübschen Freundin verübelte er grundsätzlich nichts.

„Dort vorn ist es", sagte sie. „Das romantische Häuschen. Nanu, was machen die denn?"

Der Mann, den sie als Otto Liwert identifiziert (*ermitteln*) hatte, befand sich im Garten. Nahe dem Zaun stand er, aber nicht direkt am Zaun. Zur Drohgebärde hatte er die Arme erhoben. Das galt drei Typen.

Locke erkannte sofort: Rocker. Sie trugen Nietenjeans, grellbunte T-Shirts und Motorrad-Nierengürtel. Aber sie waren zu Fuß, hatten die Maschinen offenbar in der Nähe geparkt.

Sie lehnten am Zaun, dem Mann zugewandt. Die Zeichen standen auf Sturm.

„. . . rufe ich die Polizei", rief Liwert.

Gröhlendes Lachen antwortete ihm.

„Aber mach dir vorher nicht in die Hose", rief einer der drei. Er war gut genährt und hatte Pickel im Gesicht.

Tom überholte seine Freundin und hielt bei der Gruppe. Er schaltete den Motor aus, blieb aber auf seinem Hirsch und ließ den Helm auf dem Kopf.

Die drei wandten sich um.

Sie waren etwa in Toms Alter und so angenehm wie Schuppenflechte. Einer rauchte. Der Picklige hielt eine Bierflasche in der Hand. Der dritte hatte sich mit einem Ohrring geschmückt.

Tom drehte sich zu Liwert.

„Werden Sie belästigt?"

„Ja, das heißt, die wollen meinen Zaun beschädigen, wollen Latten abreißen, weil sie die brauchen, wie sie sagen, als Brennmaterial. Für ein Lagerfeuer."

Der Zaun war ein Jägerzaun, geteert und das Holz knattertrocken.

„Hier wird nichts abgerissen", sagte Tom, ohne die Stimme zu heben. „Aber ihr, Freunde, könnt jetzt 'ne Fliege machen. Solange euch die Füße noch tragen."

„Hohoh!" lachte der Picklige. „Hast wohl noch alle Zähne im Maul, wie?"

Der mit dem Ohrring spuckte in die Hände. „Soll ich ihn von seinem Trittroller runterholen?"

Der Raucher kniff die Augen zusammen. Ein gespannter Ausdruck trat auf sein Vorstadtgesicht.

„Haut ab!" sagte Tom. „Oft sage ich das nicht mehr."

„Junge", rief Liwert. „Wenn ich die Polizei verständige. . ."

„Ist nicht nötig", unterbrach Tom. „Samson, Pilli und Hartmut treten auch so ab."

Zwei glotzten, der Picklige und der mit dem Ohrring.

Der Raucher zog den Kopf zwischen die Schultern. „Äh. . . du bist. . . äh. . . Tom Conradi, ja? Nimm doch mal den Helm ab."

„Ich bin Tom Conradi." Den Helm nahm er nicht ab.

„Habe dich an der Stimme erkannt", nickte der Raucher. Kleinlaut fügte er hinzu: „War ja nur ein Spaß, das mit den Latten. Brennen ja sowieso nicht richtig."

Dann zischelte er seinen Kumpanen was zu.

Locke, die hinter Tom in Sicherheit war, verstand nichts.

„Ach der?" ließ sich der Picklige vernehmen. „Hm. Aber zu dritt schafft er uns nicht, Pilli."

„Kannst es ja versuchen", antwortete der Raucher gedämpft. „Ich besuche dich dann im Krankenhaus."

Damit wandte er sich ab und marschierte los.

Die Kumpane zögerten, wollten ihr Gesicht wahren und nicht so ruhmlos abzittern nach den großen Sprüchen, hatten es aber dann doch recht eilig, was Otto Liwert offnen Mundes verfolgte. Sein Zaun war gerettet.

„Woher kennst du die?" fragte Locke.

„Aus dem Karate-Club", Tom grinste. „Sind aber nicht mehr dabei, diese Flaschen. Pilli habe ich mal voll erwischt, versehentlich. Der Trainer mußte den Arzt holen."

„Das war Rettung in letzter Sekunde." Jetzt getraute sich Liwert an den Zaun. An den Latten hielt er sich fest. Seine Hände zitterten. „Ich danke dir, Junge. Äh. . . ich danke Ihnen."

„Sie können mich ruhig duzen", Tom lächelte. „Was das betrifft, sind wir nicht pinselig. Nicht wahr, Locke?"

„Das wäre ja albern." Sie hatte den Helm gegen ihren Strohhut vertauscht. „Ich bin Nina Rehm, das ist Engelbert

Conradi. Unerhört, was diese Lümmel mit Ihrem Zaun vorhatten! Ist das ein schönes Grundstück! Also, so einen Garten würde ich mir wünschen! Hach! einmal in so einem Garten spazieren!"

Schlange! dachte Tom. Aber sie erreicht bestimmt, was sie will.

Und richtig! Der Mann stellte sich als Otto Liwert vor. Dann griff er Lockes Herzenswunsch auf, ‚einmal in so einem Garten zu spazieren'.

„Bitte, kommt doch rein! Ich würde mich freuen. Stellt eure Roller vor die Garage, ja?"

Tom sauste gleich los, als hätte er nur darauf gelauert.

Locke zögerte scheinbar. Unmißverständlich zeigte sie, daß ein Teenie nicht fliegt, wenn ein Wildfremder einlädt, obwohl es ihr in den Füßen juckte, Tom zu überholen.

Otto Liwert begrüßte beide mit der Hand. Er war lang gewachsen, aber schmächtig. Über einem freundlichen Pferdegesicht dehnte sich die Glatze bis zum Hinterkopf. Er mochte Mitte vierzig sein, war also — vermutlich — Melanies jüngerer Bruder.

„Darf ich euch den Garten zeigen, ja? Interessiert euch das? Ich habe seltene Pflanzen."

Und eine welke im Haus, dachte Locke. Aber auf die kommen wir später.

Otto führte sie umher. Er zeigte nicht jeden Grashalm, aber seine Ausführlichkeit nervte. Das Pärchen versicherte immer wieder, wie herrlich das doch sei, so ein Garten.

Otto bestätigte das, erklärte auch, warum er keine Gewürzkräuter anbaue, auf Kürbisse verzichte und auch auf Rosenbeete. Auf die Wurzeln, die er vorhin gerodet hatte, kam die Sprache. Das wäre Schwerarbeit — und überhaupt, für heute hätte er genug. Jetzt tät eine Erfrischung gut, er hätte auch noch frische Hefeteilchen von vorgestern — ob sie, Locke und Tom, ihm die Ehre erwiesen, dort hinten am Gartentisch Platz zu nehmen.

Sie gaben ihm die Ehre. Er eilte ins Haus. Das Pärchen tuschelte. Melanie, die Runzelbiene, ließ sich nicht blicken.

Schließlich kam Otto mit den Hefeteilchen zurück. Außerdem brachte er eine große Kanne Tee und drei verschiedene Tassen. Auf jener, die Locke erhielt, stand: BAHNHOFS-GASTSTÄTTE.

Ottos Miene zeigte Verdruß.

„Entschuldigt, es ist nur Beuteltee. Trinke lieber den andern, aber das klappt bei mir nie. Mit dem Aufbrühen, meine ich. Und Melanie hat heute einen unfreundlichen Tag. Rührt mal wieder keinen Finger für mich."

„Ihre Frau?" erkundigte sich Locke.

„Nein, nein! Ich bin Junggeselle. Melanie ist meine Schwester." Er dämpfte die Stimme, obwohl sie weit entfernt waren vom Haus. „Sie ist ledig geblieben. Unfreiwillig. Hätte gern geheiratet. Das macht sie so unleidlich. Es ist wirklich schwer, mit ihr auszukommen. Sie braucht meine Hilfe. Aber sie haßt mich."

„Ach, wirklich?" Locke machte große Augen wie ein Reh. „Einen Mann wie Sie, einen so freundlichen Charakter kann man doch nicht hassen."

Liwert lächelte. „Danke! Nett, daß du mich so einschätzt. Aber bei Melanie liegen die Gründe tiefer. Ich . . . äh . . . kann's ja ruhig sagen. Ist kein Geheimnis. Und in der Nachbarschaft weiß es jeder. Bei meinen Eltern — als die noch lebten — war ich der Liebling, der Kleine, der Nesthocker. War nicht richtig von meinen Eltern, daß sie mich so bevorzugten. Aber Melanie war ein unleidliches Luder, und deshalb haben sie ihre ganze Liebe mir zugewandt. Das hat sie meinen Eltern nie verziehen. Und mir auch nicht. Hat geglaubt, ich erzähle meinen Eltern Lügen über sie, die Melanie. Naja."

„Sie sind freiwillig Junggeselle?" forschte Tom.

„Ja. Ich liebe meinen Garten."

Als ob das ein Ersatz wäre, dachte Locke.

207

„Aber Ihre Schwester wollte heiraten?" fragte sie.

Er nickte. „Leider fand sich keiner."

Das verlangte eine Erklärung.

„Ach?" Locke machte noch größere Augen.

„Sie war früher recht hübsch", entsann sich Liwert. „Aber sie ist behindert."

„Geistig?"

„Nein. Sie hat einen Hüftgelenkschaden. Lahmt, sozusagen. Wenn das Wetter umschlägt, kann sie nur mit einer Krücke gehen."

„Das ist natürlich sehr traurig", sagte Locke mit ehrlicher Überzeugung. „Wer sich damit rumschleppt, dem muß man Launen nachsehen."

Liwert nickte. „Sie war 17, als das passierte. Und ich bin schuld."

Er kostete von seinem Tee, meinte, guter Beuteltee schmecke auch, und kam aufs Thema zurück.

„Es ist tatsächlich meine Schuld. Und darunter leide ich sehr. Deshalb bin ich auch immer für Melanie da — solange ich lebe, egal, was sie mir antut, wie sie mich behandelt, ob sie mich haßt. Ich habe sozusagen ihr Leben zerstört. Seit damals ist sie verkrüppelt — wenn wir's so nennen wollen."

„Sie haben absichtlich . . . ", Locke stockte.

„Ich war gerade zwölf. Es passierte auf einem Rummelplatz. Wir hatten gestritten. Ich bebte vor Wut. Als wir dann zusammen in einer Luftschaukel waren, habe ich sie rausgestoßen. Natürlich wollte ich Melanie nicht umbringen. Nicht mal verletzen wollte ich sie. Es war ein Wutausbruch, bei dem ich mir nichts gedacht habe. Aber die Folgen waren schrecklich."

Er biß in ein Hefeteilchen, in ein frisches von vorgestern.

„Melanie verunglückte schwer", fuhr er fort. „Sie wurde operiert. Aber die Ärzte machten Murks. Von da an war sie gehbehindert. Aber jetzt erzählt mal von euch. Ihr besucht sicherlich die Oberschule?"

Das bestätigten sie. Beide erzählten von zu Hause, dann ausführlich von Nicki — was Otto, der außer Pflanzen auch Tiere mochte, sehr interessierte.

Schließlich lenkte Locke auf ihn.

„Machen Sie beruflich etwas Ähnliches?" Sie deutete in den Garten.

„Nein", er lachte, „ich bin weder Gärtner noch Forstbeamter. Unsere Eltern hinterließen so viel Vermögen, daß Melanie und ich davon leben können. Bescheiden zwar, aber es reicht. Als junger Mann habe ich dieses und jenes angefangen. Aber ich hatte kein Durchhaltevermögen. Weil ich nicht unbedingt durchhalten mußte. Ich bin da ein bißchen faul. Doch seit fünf Jahren arbeite ich als Geldbote bei einer Bank."

Bestimmt stehen meine Haare rechts und links ab, dachte Locke, weil ich so große Ohren kriege. Geldbote! Aha! Soso! Und Franco kennt die böse Schwester, die den Otto zum Teufel wünscht.

„Ist das eine gefährliche Aufgabe?" erkundigte sich Tom.

„Wie man's nimmt. Ich wurde noch nicht überfallen. Obschon ich oft mit Riesensummen unterwegs bin."

„Sie haben keine Angst?" wollte Locke wissen.

Er lachte. „Am Anfang schon. Aber jetzt ist das alles Gewohnheit. Ich bin angestellt bei der Vermögens-Bank in der Anger-Straße."

„Ich dachte", sagte Tom, „heutzutage werden alle größeren Geschäfte bargeldlos abgewickelt. Mit Scheckkarten und Schecks und so . . . "

Liwert nickte. „Aber die Banknoten gibt's nun mal. Und Geldinstitute brauchen sie. Und irgendwer muß sie holen von der Zentralbank. Mit Brieftauben macht man das nicht. Und Panzerwagen sind für das tägliche Hin und Her auch nicht das richtige. Also geht der Geldbote los — sozusagen von Bank zu Bank. Geldboten sind unauffällig. Das bietet einen gewissen Schutz vor Überfällen. Als Transportgerät be-

209

nutze ich einen unauffälligen Aktenkoffer. Ganz aus Stahl ist der — und mit Sicherheitsschloß. Mit einem Stahlkettchen schließe ich mir den Koffer ans Handgelenk an."

„Sind Sie zu Fuß unterwegs?" fragte Locke.

„Immer."

Er blickte an ihr vorbei und runzelte die Stirn.

„Das ist meine Schwester."

Locke drehte sich um.

Die blonde Melanie verließ eben das Haus. Sie hatte sich umgezogen und war jetzt ganz in wallendes Weiß gehüllt. Sie humpelte zur Garage. Für die Tee-Runde hatte sie keinen Blick übrig.

Sie tut mir leid, dachte Locke. Mit zwei gesunden Hüften wäre sie sicherlich ein anderer Mensch, charakterlich vor allem. Andererseits — auch wer so vom Unglück getroffen wird, muß nicht unbedingt Bosheit kultivieren (*pflegen*).

„Jetzt fährt sie sicherlich zu ihrem Verehrer." Liwert seufzte. „Aber ich weiß: Der ist nur auf das Grundstück hier scharf. Schließlich gehört es ihr zur Hälfte."

„Ein Mitgiftjäger?" fragte Locke.

„Ach! Zur Heirat kommt es doch nie. Das kann mir keiner erzählen. Der Kerl hat irgendwas vor. Wird versuchen, ihr was abzuluchsen. Und wenn's nur ein Drittel des Grundstücks ist. Das kann der gebrauchen. Er ist Immobilien-Händler."

Was? dachte Locke. Nicht Franco, sondern ein Makler? Wenn der auch noch Ehrenhorn heißt, dann sind die Zusammenhänge klar.

Tom erwiderte ihren Blick, freilich mit einem Gesicht, als könnte er nicht bis drei zählen. Es war fast schon verdächtig, wie teilnahmslos er sich gab.

Aber Liwert kannte keinen Argwohn und auch kein Geheimnis vor seinen jungen Freunden, von denen er offensichtlich begeistert war.

„Kann ihn nicht leiden, diesen Ehrenhorn", sagte er.

Melanie holperte mit ihrem Kleinwagen aus der Garage, rückwärts, streifte fast einen Torpfosten, wendete, legte krachend den ersten Gang ein und zuckelte los.

„Sie fährt seit 32 Jahren", sagte Liwert.

Locke bat um eine weitere Tasse Tee.

Tom fragte, ob Liwert denn täglich als Geldbote unterwegs wäre.

„Jeden Tag", nickte der. „Aber die größten Summen fallen am Montagvormittag an. Gleich, nachdem die Schalter öffnen. Was ich da manchmal in meinem Koffer habe — ihr würdet staunen."

„Übermorgen ist wieder ein Montag", sagte Locke.

Liwert lächelte. „Falls ihr mich überfallen wollt, gebe ich euch einen heißen Tip. Zwischen neun und zehn in der Anger-Straße. Es lohnt sich. Diesmal transportiere ich noch mehr als sonst. Für eine halbe Stunde — da wette ich — bin ich der reichste Mann in der Stadt."

„Wir werden zur Stelle sein", versprach Tom.

Dann lachten alle wie über einen gelungenen Spaß.

★

Liwert stand am Zaun und sah ihnen nach.

„Er denkt an nichts Böses", sagte Locke, als sie außer Sichtweite waren. „Ein argloser Mensch. Und so einer ist Geldbote. Man glaubt es nicht."

„Vielleicht sind er und seinesgleichen am besten geeignet. Andere kommen nur auf krumme Gedanken, wenn sie eine Million spazieren tragen."

„Eins ist jedenfalls klar: Ihm gilt der Überfall. Ehrenhorn hat sich Melanie gefügig gemacht. Von ihr erfährt er, wann das Brüderchen mit besonders großen Summen unterwegs ist. Und sie verrät das nicht aus Versehen, sondern ganz absichtlich, Tom. Vielleicht auch, weil sie ihren Bruder haßt. Daß sie Komplicin ist von Ehrenhorn, Franco und den andern — darauf weist, meine ich, ihr Treffen mit Franco im Biergarten hin. Zumindest liegt die Vermutung nahe. Weshalb sonst sollte sie den Angestellten ihres Bekannten dort treffen?"

Tom nickte. „Stimmt."

„Unsere Vermutung wird immer mehr zur Gewißheit. Ehrenhorn und seine Mannschaft — das sind die, die wir suchen."

„Schwänzen wir am Montag die Schule?"

„Klar. Wir müssen. Leider können wir nicht gleichzeitig an zwei Orten sein, in der Penne und in der Anger-Straße."

Sie bog rechts ab.

„Nach Hause geht's hier lang", rief Tom.

„Wer will denn nach Hause? Meinst du nicht auch, wir sollten mal wieder nach Erpendorf fahren?"

„Da waren wir lange nicht", lachte er. „Und weshalb fahren wir hin?"

„Paula Söckl hat uns doch erzählt, daß Ehrenhorn dort ein Landhaus hat — das tollste weit und breit. Sowas interessiert mich. Würde es mir gern ansehen."

„Gute Idee."

Sie tankten unterwegs. Im Rückspiegel überprüfte Locke ihre Frisur. Tom sah, wie sie unwillig die Brauen zusammenschob. Doch alles war prächtig. Und die Sonne spiegelte ihren Glanz auf der braunen Mähne, die bis weit auf den Rücken reichte. Freilich — der Helm brachte Nachteile. Er drückte auf das wenige, das man — mit viel Phantasie — als Locken bezeichnen konnte.

Sie fuhren weiter. Bald waren sie umgeben von wogenden Weizenfeldern.

Zwischen Kirschenhof und Traumbach parkten zwei Fahrzeuge am Straßenrand: ein Streifenwagen der Polizei und eine Limousine mit städtischem Kennzeichen.

Locke schaute erstaunt. Das war doch Stadtrat Müller, der dort mit den Polizisten redet!

Müller gehörte zu Gunters und Helgas Bekannten. Auch Tom kannte ihn; und Jörg, sein Sohn, ging in Lockes Klasse.

Noch bevor sie die Gruppe erreichten, stiegen die beiden Uniformierten in ihren Wagen und fuhren in Richtung Erpendorf. Auch Müller wollte in seine Limousine steigen. Dann bemerkte er die beiden.

Er war ein kräftiger Mann, sein Gesicht sonst frisch. Jetzt sah er elend aus, und seine Blicke hetzten umher.

„Tag, Locke! Tag, Tom! Habt ihr Jörg gesehen? Nein, auch nicht. Ihr kommt aus der Stadt, ja? Stellt euch vor — ich bin seit Stunden hier. Und suche nach Jörg. Auch die Polizei sucht nach ihm. Aber er ist wie vom Erdboden verschwunden. Dabei — in allen Krankenhäusern haben wir angerufen. Er wurde nirgendwo eingeliefert."

„Wieso?" fragte Locke erschrocken. „Ist er krank? Verunglückt?"

„Da war dieser Anruf. Eine Frau rief an."

Müller erzählte.

„Aber hier weiß niemand von einem Unfall", setzte er hinzu. „Und es war auch kein Notarztwagen da. Nichts! Allmählich glaube ich, daß da jemand einen gemeinen Spaß mit mir treibt."

„Wie die Sache mit Söckl", rief Locke.

Sie erklärten es ihm. Müller schüttelte den Kopf. Beruhigt war er nicht.

„Aber wo ist Jörg?"

„Wohin wollte er denn?" erkundigte sich Tom.

„Einfach so ins Blaue. Er hat gestern ein neues Rennrad bekommen. Das wollte er einweihen."

„Da kann er sonstwo . . . Nein!" unterbrach Locke sich selbst. „Dort kommt er."

Und tatsächlich — aus Richtung Erpendorf näherte sich ein Zweiradathlet, tief über den Lenker gebeugt.

Müller seufzte erleichtert. Der freudige Schreck fuhr ihm in die Knie. Für einen Moment mußte er sich an den Wagen stützen.

Jörg preschte heran, erkannte die Gruppe und bremste. Verblüffung malte sich auf sein Gesicht.

„Hallo, Papa! Was ist denn? Tag, Locke! Hallo, Tom!"

Er hörte, was sich seinetwegen abgespielt hatte, und war fassungslos.

„Gemeinheit! Hört sich an wie Telefonterror, Papa! Da will dir jemand eins auswischen. Ich bin kreuz und quer gefahren. Vor allem über Feldwege. Weiß gar nicht, wo ich überall war. Den Streifenwagen – ja, den habe ich eben gesehen. Der fuhr nach Erpendorf rein, als ich über einen Feldweg kam. Das Rad ist Klasse, Papa", er grinste. „Wirklich! Damit hast du mir eine tolle Freude gemacht."

Locke und Tom bewunderten es, und Jörg wurde ein bißchen verlegen. Er gehörte zu denen, die in Locke heimlich verliebt waren. Und hatte Angst, sie könnte es bemerken – was sie natürlich bemerkte. Aber das zeigte sie nicht.

Noch während sie redeten, überlegten und mutmaßten, näherte sich ein Fahrzeug aus Richtung Erpendorf: ein goldfarbener Mercedes.

Locke und Tom verständigten sich mit einem Blick.

Der Wagen fuhr langsam vorbei.

Ehrenhorn saß am Lenkrad, neben ihm Helene. Sonst war niemand im Wagen.

Der Makler grüßte. Sein Grinsen entblößte die Goldzähne. Ein glitzernder Blick streifte Locke und Tom.

Auch Helene sah herüber. Und ihr Gesicht war hämisch, wie es Locke schien.

„Kanntest du die?" fragte Jörg seinen Vater.

„Nur den Mann. Warum?"

„Ich habe sie vorhin schon gesehen. Da fuhren sie in die andere Richtung. Die Frau starrte mich so an, daß ich nicht wußte, ob ich sie grüßen muß – oder nicht." Er grinste. „Im Zweifelsfalle nie. Ist doch hoffentlich richtig?"

„Im Zweifelsfalle immer! So, und jetzt fahren wir nach Hause. Ein Glück nur, daß Mutter verreist ist. Die Sache hätte sie schrecklich mitgenommen."

Jörgs Rad wurde in den Kofferraum verfrachtet. Dann verabschiedeten sich die Müllers, Stadtrat und Sohn, und rollten heimwärts.

„Telefonterror", meinte Locke. „Jörg hat ganz recht. Und

215

natürlich steckt die Terror-Bande dahinter. Hast du Helenes Blick bemerkt? Ich kann mich täuschen. Aber so sieht jemand aus, der sich am Unglück anderer ergötzt. Nicht wahr?"

„Eine Frau hat den Stadtrat benachrichtigt", stellte Tom fest. „Sie muß gewußt haben, daß Jörg nicht zu Hause ist. Sondern hier. Denn hier sei er angeblich verunglückt. Also hat die Anruferin Jörg gesehen. Schön, es könnte auch jemand aus Erpendorf gewesen sein. Aber mehr spricht für deine Vermutung. Helene! Die also! Sieh einer an! Aber warum wundern wir uns? Die Verdachtsmomente häufen sich. Wir sammeln sie sackweise."

„Ehrenhorn ist in der Stadt. Also, Tom, können wir in Ruhe sein Landhaus besichtigen."

Erpendorf schien wie ausgestorben. Aber sie entdeckten eine alte Bäuerin, die vor dem Haus auf der Bank saß und Gemüse putzte.

Sie kannte Ehrenhorns Landhaus. Vermutlich kannte es jeder hier; und die beiden folgten der angegebenen Richtung.

Unter einem schattigen Baum stellten sie ihre Roller ab. Das letzte Stück gingen sie.

Niemand war in der Nähe.

„Das muß es sein", sagte Locke. „Ja, am Pfeiler steht sein Name: K. F. Ehrenhorn. Hat sich gut abgeschirmt. Mit Hecke und hohem Tor. Aber so ist es nun mal: Wer das Licht scheuen muß, bleibt gern im Dunkeln."

„Tolles Haus! Viel zu schade für den Kerl. Ich sehe's mir aus der Nähe an. Nein, du bleibst hier! Bitte, Locke! Es genügt, wenn einer sich strafbar macht. Außerdem — du mußt Schmiere stehen, ja? Wenn jemand kommt, pfeifst du."

„Ich kann nicht gut pfeifen."

„Dann singst du."

„Gut, ich singe. Einen besonderen Wunsch? Etwas aus der Hit-Parade? Oder darf's was Klassisches sein?"

216

„Ist mir schnurzegal! Nur, bitte, laut genug! Damit ich gewarnt werde."

Locke lehnte sich ans Tor und sah ihm nach, als er an der Buchsbaumhecke entlang lief und — am Ende des Grundstücks — um die Ecke verschwand.

Die Rückfront wies auf die Felder. Dort war niemand, der ihn hätte beobachten können.

Sie wartete, ging auf und ab, spähte die Straße zum Dorf hinunter, beobachtete ein Sportflugzeug, das am Horizont entlang brummte, und genoß die Stille.

Wieder lehnte sie sich ans Tor.

Schreck durchfuhr sie, als neben ihr die Pforte quietschte.

Sie wirbelte herum. Tom? Nein. Ein teigiger Kerl starrte sie an. Er war semmelblond, seine Haut rosig. In den Augen stand Kälte.

Er kam aus dem Grundstück, mußte geschlichen sein und war nur eine Armlänge entfernt.

„Was machst du denn hier, schönes Kind?"

„Ich . . . eh . . . gehe spazieren."

„Spazieren? Aha. Aber jetzt machst du eine Pause, wie?"

„Allerdings. Ich habe mich ausgeruht. Aber was geht Sie das an?"

Er grinste. Das sah aus, als zerlaufe Speck in der Bratpfanne.

„Mir war, als hätte ich hier Stimmen gehört. Wo ist denn der andere, schönes Kind?"

„Wer? Ich bin allein. Wenn Sie Stimmen hörten — das war ich. Habe gesungen. Wollen Sie's hören?" Sie atmete tief. „Aaaaabendstiiihile üüühüberall — nuuuur am Baaaaach die Naaachachtigal singt . . ."

„Willst du mich für dumm verkaufen?" Hart packte er ihren Arm. Er schmerzte.

„Lassen Sie mich los! Was fällt Ihnen ein?"

„Hier war noch wer? Wo ist der?" brüllte Bollmann.

„Hier", sagte Tom hinter ihm.

Der Kerl fuhr herum, ohne Locke loszulassen. Sie wurde mitgerissen und prallte gegen das Tor. Schmerzhaft schrie sie auf.

Locke so zu behandeln, war lebensgefährlich — jedenfalls in Toms Gegenwart. Er schlug härter zu, viel härter — als er eigentlich durfte.

Ein Schmiedehammer — oder etwas ähnliches — traf Bollmann seitlich am Kinn. Er fiel um wie vom Blitz getroffen, rollte in den Sand und vergaß die Welt und alles andere. Seine Bewußtlosigkeit war traumlos und tief.

„Locke!" Tom riß sie an sich, legte beide Arme um sie und war blaß vor Schreck. „Hat er dich verletzt?"

„Nein, nur . . . bestimmt kriege ich blaue Flecken an der Schulter. Ist ja eine Roheit, mich so an das Tor zu schleudern. Was denkt der sich denn?"

Tom befühlte ihre Schulter und fand, es sei soweit alles in Ordnung.

„Locke, den kennen wir noch nicht." Er beugte sich über ihn. „Mal sehen, ob er sich ausweisen kann."

Er zog Bollmanns Brieftasche aus dem Jackett. Sie enthielt eine Menge Geld, den Personalausweis, Führerschein und Kraftfahrzeugschein.

Der Kfz-Schein war ausgestellt auf einen zweitürigen BMW. Tom las das Kennzeichen — und traute seinen Augen nicht.

„Locke", sagte er heiser. „Weißt du, wer dieser Herr Bollmann ist? Der Eigentümer des gestohlenen Wagens, mit dem Blauauge und Henry uns reingelegt haben."

„Neiiin?" Sie ließ sich den Kfz-Schein zeigen. „Tom, das ist ein Glücksfall! Ich gratuliere! War deine Idee, dem hier die Brieftasche zu filzen! Jetzt haben wir einen Beweis, der ist ja — also, da schlägt jeder Staatsanwalt einen Purzelbaum. Man bedenke: Bollmann ist in Ehrenhorns Landhaus. Gehört also zu unserem famosen (*trefflich*) Makler. Der Wagen, den Henry und Martin in der Sandgasse zurückließen, ist sein, Bollmanns, Eigentum. Und wann hat er den gestern abend als gestohlen gemeldet? Zu einer Zeit, als uns die beiden Schmuckräuber schon entkommen waren. So wie die Sache jetzt steht, heißt das doch: Der Wagen wurde nie gestohlen. Bollmann meldete das nur, um nicht als Komplice der Schmuckräuber dazustehen, die seinen Wagen benutzt hatten. Und ihn – peinlicherweise – wegen uns zurücklassen mußten. Wem borgt man seinen Wagen? Freunden, Bekannten, Komplicen. Bollmann und die Schmuckräuber gehören zusammen. Bollmann hat mit Ehrenhorn zu tun. Die Schmuckräuber wußten unsere Nachnahmen – und redeten uns, leichtsinnigerweise, damit an. Woher wußten sie's? Von Ehrenhorn. Der Kreis schließt sich, Tom. In der Beweiskette fehlt kein Glied. Und ich wette meinen Roller gegen ein Schaukelpferd – Ehrenhorn hat auch Honolkes Beute. Muß ja nicht er selbst gewesen sein, der den Bankräuber bei der Erdhöhle niederschlug. Nein. Wozu hat Karl-Friedrich denn soviel Personal? Die – wie sagt man? Dreckarbeit – die wird von anderen gemacht."

„Dem wäre nichts hinzuzufügen. Da! Er kommt zu sich."

Bollmann ließ einen blubbernden Laut zwischen den Zähnen zergehen und zuckte mit einem Arm.

Tom stopfte die Brieftasche in Bollmanns Jackett zurück.

„Gehen wir!" meinte er leise. „Der muß ja nicht merken, daß wir alles durchschaut haben."

Er nahm Locke bei der Hand. Sie trollten sich.

Als sie zurückschauten, war Bollmann auf die andere Seite gerollt, lag aber immer noch flach.

Schwerer K.o.! stellte Tom mit Genugtuung fest.

14. Das Kuckucksei im Möbelwagen

Ehrenhorn hielt vor dem FRANCO.

Verwundert sah er, daß der Eingang geschlossen war.

„Was fällt denen denn ein!" stieß er durch die Goldzähne. „Montag ist Ruhetag. Heute ist Samstag, verdammt! Faules Volk!"

Helene lachte. „Hast wohl ganz vergessen, daß Franco, Toffy und Ewald im Steinbruch proben wollen. Martin und Henry dürfen sich nicht sehen lassen, und Schloti hat in der Küche zu tun. Wer also soll sich um die Gäste . . . "

„Aus dem Steinbruch müßten sie längst zurück sein", unterbrach Ehrenhorn barsch. „Na, sehen wir mal nach, was da los ist!"

Sie gingen über den Hof. Dort stand das schwere Motorrad, das Toffy und Ewald für den Überfall auf Otto Liwert benutzen sollten.

„Sage ich's doch!" knurrte Ehrenhorn. „Sie sind zurück, aber sie tun nichts. Machen einfach die Bude dicht — egal, was die Gäste denken. Verdammt noch mal! Wir sind trotz allem ein Restaurant. Auch wenn's nicht läuft und sich die Gäste mit Grausen wenden — als Tarnung müssen wir es weiterführen. Und so geht das nicht."

Sie traten durch die Hintertür, gingen an der verwaisten Küche vorbei und hörten Stimmen im Restaurant.

Toffy, Ewald, Martin und Henry saßen am Stammtisch. Die Mienen waren bedrückt.

Ehrenhorn wollte loswettern, merkte aber, daß was nicht stimmte.

„Weshalb habt ihr geschlossen?"

Henry, der südländische Typ, grinste freudlos. Martins Blauaugen trübten sich ein. Ewald hatte den massigen Schädel in die Hände gestützt und kaute auf der Unterlippe. Toffys narbiges Hackepeter-Gesicht spiegelte Enttäuschung.

„Na?" Ehrenhorn wurde ärgerlich.

221

„Ist 'ne Katastrophe mit Franco und Schloti", sagte Martin.
„Deinetwegen", er sah Helene an, „haben sie sich vorhin in
die Haare gekriegt. Aber diesmal richtig. Da sind die Fetzen
geflogen. In der Küche sind sie aufeinander los. Wir hörten
das Kampfgetümmel zu spät. Als wir dazu kamen, war die
Schlacht schon geschlagen."

„Das darf nicht wahr sein", sagte Ehrenhorn.

„Doch." Henry grinste schadenfroh. „Schloti fehlen drei
Zähne. Außerdem hat er einen Riß auf der Stirn. Bei Franco
sieht's noch schlimmer aus. Sein rechter Arm ist gebrochen.
Wir haben beide ins Krankenhaus gefahren. Zur Zeit werden
sie behandelt. Nachher können wir sie abholen, die lieben
Kollegen. Der behandelnde Arzt ruft uns an."

Ehrenhorn stöhnte und sank auf einen Stuhl.

„Dann, verflucht!, können wir die Sache mit Liwert vergessen."

Toffy und Ewald nickten.

„Ohne den Möbelwagen", meinte Ewald, „ist die Sache zu
riskant. In dem Banken-Viertel wimmelt es von Streifenwagen. Überhaupt — der dichte Verkehr. Mit der Maschine
kommen wir nicht weg. Es geht nur, wenn uns der Erdboden
verschluckt, wenn wir also in den Möbelwagen verschwinden."

„Und das meinetwegen!" Helene stampfte auf. „Jetzt
langt's mir. Franco oder Schloti — die können mir beide gestohlen bleiben. Männer? Halbstarke sind das. Außerdem
gewinnt man mich nicht, indem man den Rivalen zusam-
menschlägt. Ich ziehe aus. Unter diesem Dach bleibe ich
nicht länger."

„Das interessiert jetzt kein Aas", knurrte ihr Chef. „Wichtig ist, wie retten wir am Montag den Coup? Franco kann
den Möbelwagen nicht fahren. Wer sonst — außer mir — hat
einen Führerschein für Lastwagen?"

Niemand meldete sich.

Ehrenhorn zog seine Brieftasche hervor und studierte den

Führerschein. Er durfte Lastwagen fahren. Da stand es schwarz auf weiß. Er grinste.

„Ich übernehme Francos Rolle. Toffy, Ewald — alles bleibt wie geplant."

Die beiden zeigten wenig Begeisterung.

„Hast lange keinen Laster gefahren, Chef", meinte Toffy.

„Na und? Ich kann's trotzdem noch. Außerdem kenne ich die Strecke wie kein anderer."

Er zündete eine seiner Zigarren an.

„Nebenbei — Martin, Henry — wißt ihr, wen ich vorhin auf der Landstraße gesehen habe? Das muntere Pärchen vom Hochhausdach. Am liebsten hätte ich gefragt, wie sie das geschafft haben."

„Anscheinend sind die nicht totzukriegen", murmelte Henry.

Hinter der Theke klingelte das Telefon.

Helene nahm den Hörer ab und meldete sich.

„Ja, Jürgen!" Sie lauschte. „Gut, ich sag's dem Chef. Und du meinst, ein Arzt ist nicht nötig. Ja, Tschüs!"

Sie legte auf.

„Es war Jürgen", erklärte sie überflüssigerweise. „Vor dem Haus trieb sich ein etwa 15jähriges Mädchen rum. Aufgrund seiner Beschreibung gibt's keinen Zweifel: Nina Rehm. Jürgen kennt sie ja nicht. Er hat sie hart angefaßt — und plötzlich, wie aus dem Nichts, tauchte Tom Conradi auf — und hat ihm eins an die Rübe gehauen, daß Jürgen — vermutlich — minutenlang bewußtlos war. Er ist jetzt noch ganz wacklig, meint aber, er käme klar."

Ehrenhorn biß auf seine Zigarre.

„Diese Bälger! Also haben sie bei mir rumgeschnüffelt. Verdammt noch mal!, warum? Denen haben wir doch bewiesen, daß ich unverdächtig bin."

„Vielleicht haben sie's nicht geglaubt", sagte Helene. „Die sind zäh, die beiden, und viel schlauer, als wir denken. Unterschätzt die um Himmels willen nicht!"

„Erst den Coup am Montag!" sagte Ehrenhorn. „Dann unternehmen wir was, um uns die beiden vom Hals zu halten. Und zwar so, daß ihnen das Detektivspielen für alle Zeiten vergeht."

★

Am Sonntagmorgen machte Locke Frühstück — ausnahmsweise auch für Mike.

Er war verletzt. Beim gestrigen Fußballspiel hatte er sich eine Prellung zugezogen. Am Oberschenkel. Immerhin — er hinkte graziös. Die Verletzung störte ihn nicht. Ärgerlich war, daß sie 3:4 verloren hatten.

Sie erzählte ihm, wie es mit den Ermittlungen nach der Terror-Bande stand. Mike staunte.

Später wurde Locke von Tom abgeholt. Ihm knurrte der Magen. Daß er sich selbst versorgte, war undenkbar. Ohne Helga und Mit-Ha wäre er auf die Dauer verhungert. Zuhause trank er nur einen Pulverkaffee — und damit Schluß.

Freilich — seinen vierbeinigen Hausgenossen, den hatte er erstklassig versorgt. Nicki erhielt nur vom Besten. Was Tom auch zu raten war, sonst hätte Locke ihm Beine gemacht.

Sie erbarmte sich. Auch Tom durfte frühstücken.

„Aber bildet euch nicht ein, daß das zur Gewohnheit wird", sagte sie. „Nur heute mal. Weil ich sonnig gestimmt bin."

Die Jungs grinsten.

„Warum hast du Nicki nicht mitgebracht?" fragte Locke.

„Hm, ja. Warum eigentlich nicht? Wir können ihn noch holen."

Das taten sie dann, und der prächtige Mischling tobte vor Freude.

Mit ihm an der Leine fuhren sie zur Anger-Straße.

Die Gegend rund um die Vermögens-Bank mußte erkundet werden.

Es war ein belebtes Viertel der Innenstadt: mit Geldinstituten, Geschäften, Kaufhäusern, einer nahen Fußgängerzone und Restaurants unterschiedlicher Kategorie (*Sorte*).

Sie fanden die Zentralbank. Dreimal fuhren sie die Strecke zwischen ihr und der Vermögens-Bank ab. Zu Fuß benötigte man etwa 20 Minuten.

„Schwer zu sagen, wo sie ihn überfallen werden", meinte Tom. „Jetzt ist es hier leer, weil sonntäglich. Aber morgen tritt man sich auf die Füße. Da eilen die Massen. Es wird so sein: Ewald hält. Toffy springt ab und − ran an den Otto. Er reißt ihm die Tasche weg. Mit 'nem Bolzenschneider durchtrennt er die Stahlkette. Rauf aufs Motorrad − und ab! Aber dann hat irgendwer die Polizei schon alarmiert. Wohin fahren die Räuber?"

„Zum Möbelwagen."

„Wo steht der?"

„Irgendwo an einsamer Stelle, Tom. Denn natürlich darf niemand zufällig beobachten, wie das Motorrad reinfährt. Damit wäre die Wirkung verpufft. Das heißt, die belebten Straßen − die können wir vernachlässigen. Franco wird woanders warten − mit der gelben Seifenkiste."

Tom grübelte. „Kenne mich doch aus hier. Also − ja, klar! Hinter dem Neptunia-Hallenbad ist das ehemalige Industrie-Gelände. Die Firmen wurden ausgesiedelt, an den Stadtrand verbannt, wo sie die Luft verstänkern dürfen − irrerweise, als käme der Mief nicht überall hin. Jedenfalls − auf dem Gelände, Locke, soll später mal gebaut werden. Aber vorläufig ist dort tote Hose. Nur Penner hin und wieder, die sich vom Streß der Bettelei erholen. Passanten − nie. Touristen noch weniger. Die Gebäude verfallen. Saniert wird erst noch. Zur Zeit hausen dort Ratten und Kakerlaken. Wenn Franco zwischen den Schuppen parkt − kein Aas würde bemerken, wie das Motorrad reinfährt."

Sie fuhren hin.

Hinter dem Neptunia-Bad wurde die Gegend einsam.

Auf dem ehemaligen Industrie-Gelände sah es übel aus. Schuppen, Gebäude und Lagerhallen verfielen. Schutt häufte sich. Umweltbewußte Mitmenschen luden hier ihren Müll ab, heimlich natürlich, denn erlaubt war das nicht.

Die beiden rollerten kreuz und quer. Nicki hechelte mit.

Dann, unversehens – hinter einer Halle wären sie fast gegen den Möbelwagen geprallt.

Er parkte dort, war abgeschlossen und langweilte sich.

Aus der Nähe sah er schäbig aus. Wer weiß, dachte Locke, wo Ehrenhorn und Konsorten ihn abgestaubt haben.

Tom rüttelte an der Hecktür. Auch sie war verschlossen.

Er grinste. „Mehr wollten wir gar nicht wissen, was? Der Plan ist wirklich gut. Bis hierher mit dem Motorrad – das schaffen die beiden. Aber dann, wenn die Fahndung läuft, wenn die Streifenwagen umhersausen, wenn die Innenstadt abgeriegelt wird – dann sind sie verschwunden; und nur ein alter, gelber Möbelwagen verläßt die Gefahrenzone."

Gegen Abend kehrten Gunter und Helga von ihrem kurzen Landausflug zurück und waren bester Stimmung.

Locke und Tom berichteten ihnen.

Helga war sprachlos.

Gunter sagte: „Wenn ihr so weitermacht, werdet ihr Ehrenmitglieder bei der Kripo. Kommissar Weigand wird sich freuen. Gleich mal sehen, ob er zurück ist."

Er war zurück und erhielt erste Informationen (*Auskunft*) durchs Telefon. Zehn Minuten später stand er bei den Rehms vor der Tür.

★

In der Nacht zum Montag schlug das Wetter um. Es goß wie aus Kübeln, auch noch am Morgen.

Locke trug einen kupferfarbenen Regenumhang. Nur die Knie wurden naß. Aber sie hatte auf einen ihrer weitschwingenden Röcke verzichtet und Jeans angezogen.

Toms Windjacke saugte Regen auf, dicke Tropfen prallten auf die Sturzhelme.

Sie parkten in der Anger-Straße — etwa 200 Meter von der Vermögens-Bank entfernt. Als Zaungäste wollten sie genießen, was sich hier nachher abspielen würde. Das, fand Lokke, hatten sie sich — weiß Gott! — verdient; und Tom stimmte ihr zu.

Also schwänzten sie die Schule, was so kurz vor den Sommerferien nicht weiter tragisch war. Der Betrieb dort lief ohnehin lau. Lehrer wie Schüler befanden sich geistig schon im Urlaub — auch jene, die sich das ganze Jahr geistig beurlaubten.

Der Regen fegt die Straßen leer, dachte Locke. Ist das günstig oder schlecht?

Immerhin — es gab noch genug Passanten. Sechs, sieben oder acht Männer mehr — das verkraftete das Straßenbild. Sie hielten sich in der Nähe der Vermögens-Bank auf, warteten auf Otto Liwert, den ahnungslosen Geldboten.

Er wußte nichts. Kommissar Weigand hielt das für besser.

Unbefangen mitzuspielen, als sei alles in Butter — das hätte Otto vermutlich nicht gebracht. So belastungsfähig war der schmächtige Gartenfreund nicht. Aber die Falle konnte nur funktionieren, wenn sich der Köder wie immer verhielt.

Für Ottos Sicherheit war gesorgt.

Die sechs, sieben oder acht Männer waren ausgewählte Kripo-Beamte. Und so unauffällig, daß weder Locke noch Tom klar erkannten, wer alles dazu gehörte.

In der Nähe parkte ein großer Lieferwagen mit Hecktür. Er sah aus wie ein Fahrzeug der Bundespost, gehörte aber zur Kripo. Im Kastenraum warteten zwei junge Beamte — brillante Motorradfahrer. Hans Pohl und Bernd Woltan ähnelten Toffy und Ewald — figürlich. Das gehörte zum Plan.

Die Minuten krochen vorbei.

Locke war so aufgeregt, daß sie ständig die Füße bewegte. Tom, der das merkte, tätschelte ihr liebevoll die Hand.

Dann war es soweit.

Otto Liwert kam aus der Bank. Er trug Regenmantel und Hut. Der Aktenkoffer war verschrammt und sah aus, als enthalte er alte Zeitschriften und ein Frühstücksbrot.

„Jetzt ist der Koffer leer", sagte Tom. „Das wissen die Ganoven natürlich. Aber wenn Otto von der Zentralbank zurückkommt — ein klotziges Vermögen trägt er dann zur Vermögens-Bank."

Locke beobachtete, wie Otto von Beamten umschwirrt wurde. Sie lösten sich ab, wechselten ständig die Manndekkung. Mal war dieser neben Otto, mal jener.

Wer nicht Bescheid wußte, dem konnte nichts auffallen.

Mit großem Abstand fuhren Locke und Tom hinterher.

Auch der Lieferwagen, in dem Pohl und Woltan hockten, nahm Fahrt auf.

Locke spähte umher.

Aber von Ewald und Toffy war noch nichts zu sehen.

Liwert verschwand in der Zentralbank. Er blieb nicht lange. Als er zurückkam, hatte sein Aktenkoffer sichtlich Gewicht angespeckt.

Der Ring der Kripobeamten um den ahnungslosen Gartenfreund verengte sich. Aber davon merkte er nichts.

Er marschierte die Strecke zurück.

Locke und Tom standen an der Einmündung einer Nebenstraße.

„Da sind sie", sagte Tom.

Locke sah sie im selben Moment. Toffy und Ewald trugen schwarze Motorradanzüge. Die Sturzhelme waren weiß. Von den Gesichtern sah man nichts. Aber das war auch nicht nötig — jedenfalls nicht für Locke und Tom. Sie kannten die Maschine, sie kannten die Ganoven — Verwechslung war ausgeschlossen.

Tom streckte die Arme aus und rieb sich die Hände.

Das war das verabredete Zeichen. Jetzt wußten die Beamten Bescheid.

228

Ewald fuhr langsam. Die Maschine näherte sich dem Geldboten. Er ging auf der Innenseite des Gehsteigs, aber das machte für Toffy nur zwei Schritte mehr aus.

Maschine und Geldbote bewegten sich in die gleiche Richtung.

„Jetzt sind sie neben Otto." Toms Stimme war heiser.

Rasend schnell ging alles.

Ewald stoppte. Toffy grätschte ab, hechtete über den Gehsteig, war schon bei Otto, hatte den Aktenkoffer gepackt und riß ihn an sich — mit einer Hand. In der anderen schimmerte das blaue Metall des Bolzenschneiders. Otto taumelte. Dann schnappte die Falle zu.

Vier Männer warfen sich auf Toffy und rissen ihn zu Boden. Er war überwältigt, ehe er Pieps sagen konnte.

Drei andere packten Ewald. Aber der klotzige Kerl riß sich los. Auf der Straßenseite fiel er vom Motorrad. Auch das stürzte auf den Asphalt. Ewald schnellte hoch. Ein Wagen bremste. Reifen kreischten. Ewald rannte über die Fahrbahn — auf die Seitenstraße zu, wo Locke und Tomm standen.

Am liebsten wäre Locke ins Schaufenster der Buchhandlung gehüpft, die nur ein paar Meter entfernt war. Aber der Schreck bannte ihren linken Fuß auf den Boden, der rechte stand auf dem Roller, und die kalten Hände umklammerten den Lenker.

Tom rührte sich nicht. Er wartete, bis Ewald heran war. Aus Tom wurde eine Rakete. Er schnellte vor, verstellte dem Ganoven den Weg und legte ihn flach — mit einem Karatetritt.

Er traf Ewalds Brust.

„Gut gemacht, Tom!" rief einer der Beamten, die dem Fliehenden gefolgt waren.

Dann hoben sie Ewald auf und schleppten ihn, ebenfalls im Laufschritt, zu dem Lieferwagen, in dem Pohl und Woltan warteten.

Passanten standen und glotzten. Der Verkehr stockte.

Aber plötzlich waren uniformierte Polizisten da. Sie sorgten dafür, daß der Verkehr wieder flüssig wurde.

Einige Beamte standen bei Liwert. Andere kümmerten sich um die Maschine. Ewald und Toffy befanden sich längst im Lieferwagen.

Locke und Tom wußten, was dort mit ihnen geschah. Sie mußten Helme und Anzüge ablegen — und zwar schnell.

Keine zwei Minuten vergingen, da öffnete sich der Lieferwagen. Ewald und Toffy — nein, Pohl und Woltan — sprangen heraus und stiegen auf die Maschine. Nichts unterschied die beiden von den Ganoven: Schwarze Anzüge, die offenbar gut paßten. Dazu die weißen Helme. Alles stimmte.

Pohl, der Kleinere, saß hinten auf. Mit einem Arm umklammerte er einen Aktenkoffer, der Liwerts Transportgerät ähnelte.

Mit dumpfen Röhren preschte die Maschine davon.

★

Ehrenhorn war nervös. Er saß hinter dem Lenkrad des Möbelwagens.

Immer wieder sah er in den Rückspiegel. Dann hörte er die Maschine.

Und da waren sie auch schon — Toffy und Ewald. Und sie hatten die Beute, wie er sah.

Die Hecktür stand offen. Die Schiene, die als Auffahrtsrampe diente, war angebracht.

Das Motorrad raste hinauf. Er hörte die Bremsen und den dumpfen Anprall, als das Vorderrad gegen die Matratzen stieß.

Klirrend wurde die Schiene eingezogen. Die Hecktür fiel zu. Ehrenhorn startete den Motor.

Gut gemacht, Jungs! dachte er. Sagen konnte er es ihnen nicht — jetzt noch nicht, denn zwischen Fahrerkabine und Laderaum bestand keine Verbindung.

Er fuhr vorsichtig. Bald lag das ehemalige Industriegebiet hinter ihnen. Er fuhr aus der Stadt hinaus, über die holperige Landstraße, vorbei an Kirschenhof und Traumbach nach Erpendorf.

Er saugte an seiner Zigarre, war zufrieden und zählte in Gedanken das Geld.

800 000 Mark mußten es sein. Das hatte die schöne Melanie — diese dumme Kuh — versprochen.

Er fuhr zu seinem Landhaus. Das Tor war geöffnet. Bollmann wartete im Regen.

Ehrenhorn machte ihm das Siegeszeichen mit zwei Fingern und rollte auf den großen Platz vor seiner Garage.

Eilig schloß Bollmann das Tor.

Ehrenhorn stieg aus und ging nach hinten.

„Hat alles geklappt, Chef?" Bollmann grinste.

„Wie immer."

„Gratuliere! Ist pfundig! Heh, ihr!" Er klopfte an die Hecktür. „Ihr könnt euch wohl nicht trennen — vom Anblick der Moneten."

Die Hecktür wurde aufgestoßen. Dem Makler fiel die Zigarre aus dem Mund. Bollmann glotzte und konnte nicht fassen, was er sah.

Zwei fremde Männer standen vor ihnen, hielten Pistolen in den Händen und hatten die Mündungen — unmißverständlich — auf Ehrenhorn und Bollmann gerichtet.

„Polizei!" sagte Woltan — und zeigte mit der linken Hand seine Dienstmarke. „Hände hoch!"

★

Etwa zur gleichen Zeit war das FRANCO umstellt. Die Beamten stießen auf keinerlei Widerstand. Den Verletzten, Franco und Schloti, fehlte der Mumm. Henry und Martin lagen noch im Bett. Helene, die sich in der Küche Spiegeleier briet, hielt mehr von Koketterie als von Gewalt.

Ehrenhorns Landhaus wurde durchsucht, die gesamte Beute sichergestellt: die Pelze, Funkelsteins Schmuck, die 80 000 aus der Landwirtschaftsbank und anderes, was die Terror-Bande geraubt und gestohlen, aber noch nicht verhökert hatte.

Auch Melanie Liwert wurde festgenommen, später allerdings auf freien Fuß gesetzt, weil keine Fluchtgefahr bestand.

Für ihren Bruder Otto brach eine Welt zusammen. Daß ihr Haß gegen ihn so weit ging, hätte er niemals geglaubt.

Das Ende der Terror-Bande machte Schlagzeilen in der Presse. Gunter griff voll in die Tasten und veröffentlichte Interviews mit Locke und Tom.

Ein bißchen sonnten sich die beiden in diesem Glanz. Natürlich schmeichelte es ihnen, aber wichtig war anderes.

„Söckls Ehre ist wieder hergestellt", sagte Locke. „Für ihn gibt's eine Zukunft — trotz der Schicksalsschläge. Und Paula behält ihre Stellung bei Funkelstein. Der ist versöhnt und meint jetzt, eine junge Frau wie sie könnte aus so einer Sache nur lernen."

„Den beiden habt ihr wirklich geholfen", sagte Helga.

„Die Terror-Bande verschwindet hinter Gittern", sagte Mike. „Für viele Jahre. Zum Glück. Ohne Leute wie Ehrenhorn lebt sich's besser in unserer schönen Stadt."

„Fast alle haben Geständnisse abgelegt", wußte Gunter. „Deshalb weiß man jetzt, wer für den Telefonterror verantwortlich ist, wie bei unserem Freund Stadtrat Müller. Diese Helene Hennig", er tippte sich an die Schläfe, „tickt nicht richtig, was das betrifft. Aber das ist Sache des Nervenarztes."

Tom sah seine Freundin an. „Wenn die Gerichtsverhandlung stattfindet — was meinst du: Gehen wir hin?"

Locke schüttelte den Kopf. „Das sähe aus, als würden wir unsere Rache genießen. Aber ich hasse keinen von denen. Daß sie keinen Schaden mehr anrichten, ist genug."

„Ehe ich's vergesse", sagte Gunter. „Vorhin hat Hauptwachtmeister Söckl angerufen. Er lädt uns zu einem Festessen ein. Für morgen abend. Und nun ratet, wohin!"

„Doch nicht etwa ins Franco?" rief Locke.

„Nein", lachte Gunter, „ins Dorfgasthaus von Erpendorf."

„Erpendorf?" murmelte Tom. „Den Namen kenne ich doch. Locke, waren wir schon mal dort?"

— ENDE —

Liebe Locke-und-Tom-Freunde!

Ganz schön aufregend, was die beiden erleben, nicht wahr?! Wenn es darum geht, anderen zu helfen, greifen Locke und Tom ein — koste es, was es wolle. Denn Locke ist schon ein tolles Mädchen, und Tom ein prima Kumpel, mit dem man Pferde stehlen kann. Es vergeht kaum ein Tag, an dem bei Tom nicht das Telefon klingelt: ,,Hallo Tom, hier Locke . . .!'' Und was bei diesen Telefonaten ausgeheckt wird, erfahrt Ihr in den spannenden ,,Locke-und-Tom-Büchern'', von denen es noch mehr gibt. Stefan Wolf hat sie geschrieben, den Ihr sicher schon als Autor der TKKG-Bücher kennt, auch einer erregenden PELIKAN-Serie. Gewiß interessieren Euch die anderen ,,Locke-und-Tom-Bücher'' ebenso — mit den vielen lustigen Zeichnungen Eurer Lieblinge! Hier sind sie:

Hundejäger töten leise

In der Stadt verschwinden Hunde und Katzen. Täglich werden es mehr. Ganz offensichtlich sind gemeine Tierjäger unterwegs. Das vermutet die Polizei, und auch der Tierschutzverein hat einen Verdacht. Aber noch niemand weiß, was hinter diesen rätselhaften Diebstählen steckt. Werden die armen Tiere zu grausamen Versuchen benutzt, an deren Ende ihr ,,leiser'' Tod steht? Locke und Tom, beide leidenschaftliche Tierfreunde, finden die richtige Spur. Sie führt nicht nur zu einem Tierhändler, dessen Geschäfte schon immer anrüchig waren. In den skrupellosen Handel sind noch ganz andere Leute verwickelt, hinter denen niemand solche Gemeinheiten vermutet. Aber weil Locke und Tom den gequälten Tieren helfen wollen, geben sie nicht auf.

Giftalarm am Rosenweg

Beim Spielen am Rosenweg entdecken Kinder buntbemalte Fässer. Weil die Schrift schon unleserlich geworden ist, ahnen sie nicht, daß sie Gift vor sich haben. Die Folge: schleichende Verletzungen und rätselhafte Erkrankungen. Aber die Kinder schweigen, weil sie Angst vor Strafe haben. Ein Rätselraten beginnt — bis die Polizei endlich die Fässer findet und Giftalarm gibt. Noch aber weiß man nicht, wer der verantwortungslose Täter war. Wer hat die Fässer mit dem hochgiftigen Gift leichtfertig vergraben und damit Tausende Menschen in Lebensgefahr gebracht? Locke und Tom finden eine überraschende Lösung . . .

Die packende Abenteuer-Serie für Jungen und Mädchen ab 10 Jahre.

TKKG-das sind die Anfangsbuchstaben der vier Titelhelden, die zusammen durch dick und dünn gehen.

Diese Bücher sind erhältlich:

- **Die Jagd nach den Millionendieben**
- **Der blinde Hellseher**
- **Das leere Grab im Moor**
- **Das Paket mit dem Totenkopf**
- **Das Phantom auf dem Feuerstuhl**
- **Angst in der 9 a**
- **Rätsel um die alte Villa**
- **Auf der Spur der Vogeljäger**
- **Abenteuer im Ferienlager**
- **Alarm im Zirkus Sarani**
- **Die Falschmünzer vom Mäuseweg**
- **Nachts, wenn der Teufel kommt**
- **Die Bettelmönche aus Atlantis**
- **Der Schlangenmensch**
- **Ufos in Bad Finkenstein**
- **X7 antwortet nicht**
- **Die Doppelgängerin**
- **Hexenjagd in Lerchenbach**
- **Der Schatz in der Drachenhöhle**
- **Das Geheimnis der chinesischen Vase**
- **Der Bombenleger**
- **Klauen des Tigers**
- **Kampf der Spione**

Der Steckbrief:
196 Seiten, Format 13 × 19,5 cm
Fester Umschlag, viele Illustrationen, ab 10 Jahre.

Spannende Abenteuer mit den vier jungen Funk-Detektiven Bohne, Bömmel, Meikel und Delphin.
Die halten zusammen wie Pech und Schwefel. Und immer sind sie verbunden durch ihre „Handgurken"-Ihre CB-Funkgeräte.

Die Funk-Füchse

Diese Bücher sind erhältlich:

1 Der Schatz im Birkenwald
2 Terror im Jugenddorf
3 Die Haschischbande wird entlarvt
4 Unternehmen Nachtschatten
5 Katzendieben auf der Spur
6 Kemals letzte Chance
7 Jagd auf die Automarder
8 Operation Förderkorb
9 Das Ding mit den Briefmarken
10 Die Falle schnappt zu
11 Kampf mit dem Roten Blitz

Der Steckbrief:
144 Seiten, Format 13 × 19,5 cm
Fester Umschlag, viele Illustrationen, ab 10 Jahre.